KB252448

이 길에서 벗어나도 괜찮아

이 길에서 벗어나도
괜찮아
낯선 곳에서 주워 담은 청춘의 조각들
글과 사진 신소현
팝파스

入口
ヘリコプター
ENT.

Farmer's

Market @UNU

PROLOGUE

전화와 편지의 공통점이 무엇인지 아세요? 제 마음대로 쓸 수 있고, 제 마음대로 전화를 걸 수 있다는 점. 상대방에게 전화 걸어도 괜찮은지, 편지 써도 괜찮은지 먼저 묻지 않아도 된다는 점. 그래서 지금 편지를 쓰고 있어요. 이 책을 손에 쥔 당신에게.

오늘 하루 어땠나요? 전 지금 정재형의 Le Petit Piano 앨범을 틀어 놓고 따뜻한 차 한 잔을 마시고 있어요. 이 앨범을 들으면 도쿄에서 지냈던 날들이 생각납니다. 좁은 아파트에 놓인 빨간 소파에 걸터앉아 하릴없이 턱을 괴고 건넛집 아주머니의 빨래 너는 모습을 감상했던 날들, 잔잔한 일상을 기록하며 꿈에 가득 차 있던 날들…….

남들과는 다른 삶을 살겠다고 더 넓고 깊은 사람이 되겠다며 오랜 시간 낯선 곳에서 지냈습니다. 누구 하나 가르쳐 주지 않았죠. 어디로 가야 하는지, 왜 가야만 했는지에 대한 대답은 어디에도 없었습니다.

때가 되면 취직해야 하고 결혼해야 하는 말도 안 되는 룰을 따라가고 싶지는 않아요. 살아가는 모습이 남들과 조금 다르면 어때요? 우리는 원래 다 다르게 생겼잖아요. 당신에게 꼭 맞는 자켓이 저에게는 어울리지 않듯, 당연한 거예요.

저는 여행을 좋아하지 않아요. 여행에 서툰 사람이죠. 여벌 옷은 얼마나 가져가야 하는지, 수건은 얼마나 가져가야 하는지 고민하게 되거든요. 동네 마실 가듯 떠나는 여행의 맛을 아직 모르는 것일 수도 있고요. 이 책에 담긴 글들이 당신의 마음을 조금은 편하고 가볍게 해주었으면 해요. 무엇보다 스스로가 무엇을 원하는지 한 번쯤은 귀 기울이면 좋겠어요. 그러고 나서 지금 그 길에서 벗어나고 싶어지면 살짝 귀띔해 주세요. (어쩌면 당신도 여행에 서툰 사람일 수 있어요.)

아, 여벌 옷은 챙기지 않아도 좋을 거예요.

Good luck to you and me :-)

신소현

Frap
氷

CONTENTS

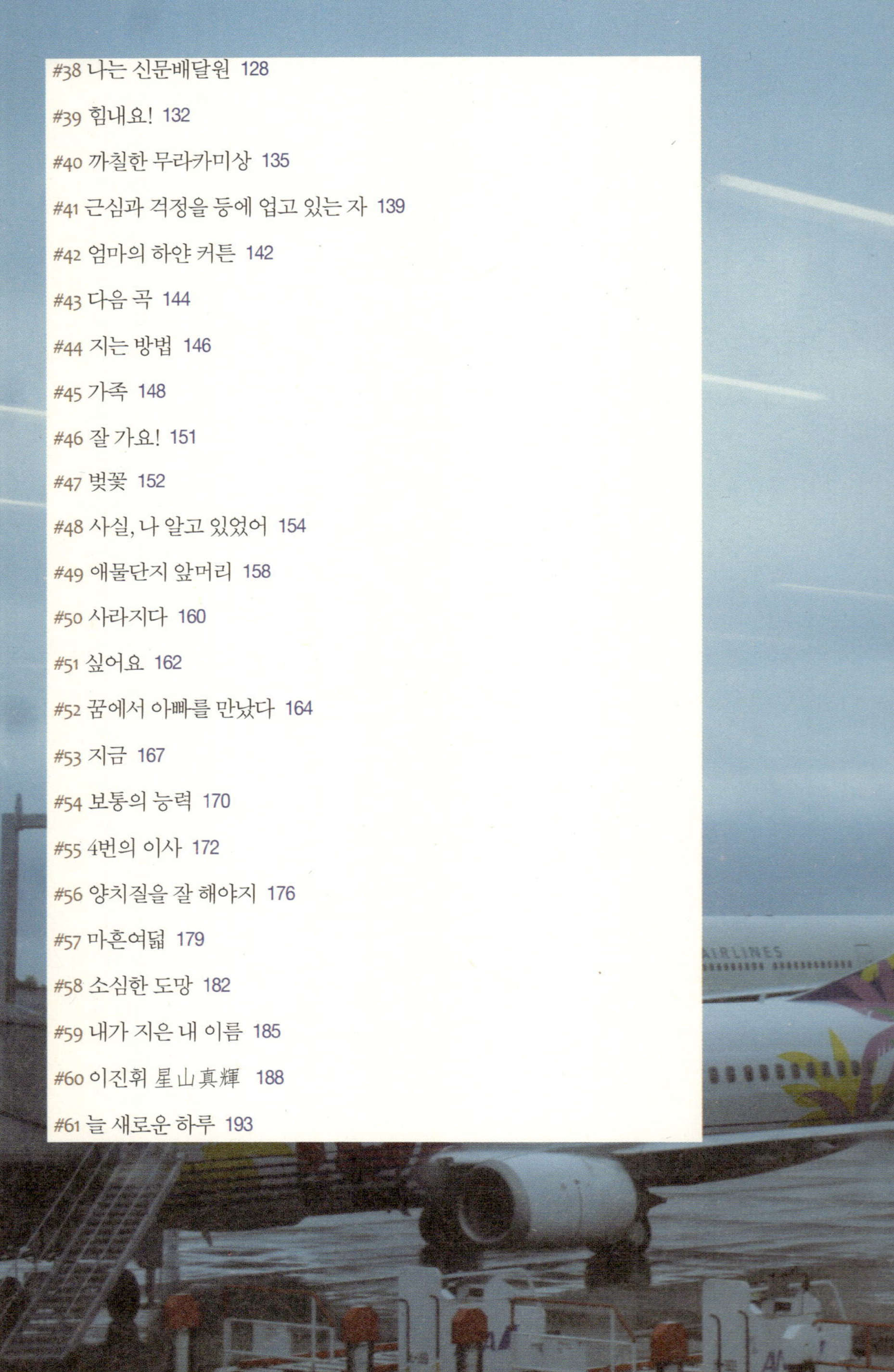

PART 5 landing 도착 ▷▶▷ SEOUL, KOREA

PART 1

take off 이륙

▷▶▷ START

#01

연극이 끝난 후

연극배우인 친구가 말했다. 지금까지 살면서 누가 박수쳐 준 적 있냐고. 잘했다, 수고했다, 박수쳐 준 적 있는지.

— 음, 글쎄. 중학교 3학년 때 글짓기 대회에서 최우수상 받았을 때 전교생 앞에서 박수를 받았던 것 같아.

— 그럼 앞으로 살면서 박수 받을 일이 얼마나 더 있을 것 같아?

대답할 수 없었다. 하지만 박수를 받는다는 게 그렇게 대단한 일인가. 앞으로 살면서 박수 같은 거 그리 중요하지 않을 것 같다는 생각이 들었다.

— 내가 돈도 많이 못 벌고 좁은 옥탑방에 살면서도 회사에 안 들어가고 연극을 하는 이유는 물론 연기가 좋고 공연이 좋아서이기도 하지만 커튼 콜 때 관객들이 나를 향해 박수쳐 주는 게 너무 좋아서야. 목이 쉬도록, 옷이 땀에 다 젖도록 공연을 하고 났는데 아무도 박수를 쳐 주지 않고 웃어 주지 않는다면 난 연극배우 못 할 거야.

친구의 진심 어린 말을 듣고 있자니 눈시울이 붉어졌다. 이렇게 열정

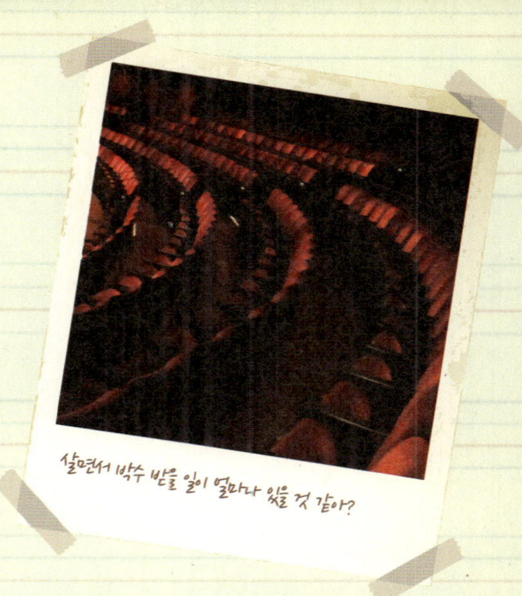
살면서 박수 받을 일이 얼마나 있을 것 같아?

과 정성으로 연극배우의 꿈을 지키며 사는 모습이 너무 아름다웠다.

영화에는 없는, 연극이나 뮤지컬만의 큰 매력은 바로 눈앞에서 배우들이 연기를 한다는 것이다. 객석은 채워져 있지만 내 눈앞의 배우들은 나를 위해 공연을 한다. 눈을 맞추고 분위기를 이끌어 간다. 혼신의 힘을 다해 공연을 다 마치고 나서 관객을 향해 인사하는 그 순간엔 관객으로서 박수를 치는 나 자신도 감동이다. 배우들은 오죽할까. 분명 힘들 거다. 그만두고 싶은 날들도 찾아올 거다. 하지만 관객의 박수 소리에 배우들은, 내 친구 성훈이는 오늘도 공연을 한다.

내가 대학로 한 골목의 카페에 앉아 음악을 듣고 있는 이 순간에도 50여 곳의 공연장에선 수많은 배우들이 공연을 올린다. 그리고 공연이 끝나면 관객들의 환호와 박수를 받고 행복할 것이다. 배우가 되길 참 잘했다며 오늘 밤 행복해하며 잠이 들 것이다.

당신도 나도 세상이라는 무대 위의 배우다. 슬렁슬렁 대충 연기하고 러닝타임이 끝나기를 간신히 기다리며 역할에 충실하지 못한 배우가 될 것인가, 혼신의 힘을 다해 그 역할을 멋지게 연기하는 배우가 될 것인가? 억지로 공연을 끝낸 후와 최선을 다한 공연의 끝은 말하지 않아도 다를 것이다. 나도 친구처럼 박수와 환호를 받는 배우가 되기로 했다. 단 한 명의 관객이 있더라도, 아무도 나를 신경 써 주지 않아도 '나'라는 역할을 충실히 해나가 보기로.

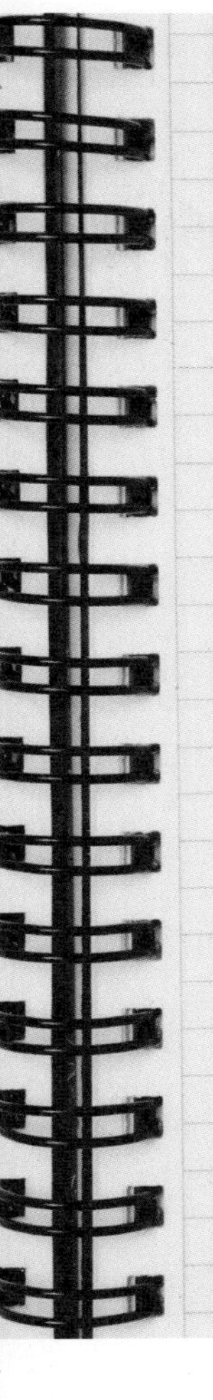

#02

나를 기록하다

엄마의 오래된 앨범을 보았다. 20대 때의 사진들을 보고서 너무 놀랐다.

아가씨 우리 엄마는 너무나 예뻤다. 사진을 조금 더 자세히 보려고 앨범에서 꺼내다가 우연히 사진 뒷면도 보게 되었다. '1955年 7. 16生'라고 적혀 있고 그 위엔 잘 보이지 않았지만 숫자 1955716을 그린 것 같았다. 지금은 잉크가 번지고 오래되어 정확하게 볼 수는 없지만 엄마는 저 사진 뒤에 자신을 기록한 것이었다.

1955년 7월 16일에 태어난 사람.

이 사진이 어디에 있든 사진 속 여자는 1955년 7월 16일에 태어난 사람으로 기억될 것이다. 하지만 평범한 한 여자의 독사진 뒷면에 생년월일이 적혀 있다고 해서 누가 대단한 일이라 생각할까.

— 엄마, 사진 뒤에 생년월일은 왜 적어 둔 거야?

— 그냥.

기록하고 싶었을 거라 생각해 본다. 남들이 알아주지 않아도, 그 누구 하나 신경 써 주지 않아도 자신을 기록하고 싶었을 거다. 색이 바랜 사진 뒷면에는 흐릿하지만 분명하게 쓰여 있다.

1955年 7. 16生

나도 엄마처럼 나를 기록하기로 했다. 내가 살고 있는 이 순간을, 살아가는 곳들의 풍경을 담기로 했다. 카메라 하나, 작은 공책 하나, 연필 하나 깎아서. 10년 뒤의 내 모습을 상상하면서, 아니 5년 뒤의 내 모습을 그려 보면서. 잉크가 번지고 오래되어 비록 흐릿해지더라도 이 순간의 냄새를 기록하기로.

#03

돌아가야 한다

— 꼭 내 뒤통수를 보고 있는 것 같아!

저 바다의 끝을 바라보며 친구가 말했었다. 끝이라 해서 가 보아도 결국 바다는 저만치 펼쳐져 있다. 지구는 둥그니까 끝도 없다.

시간도 같은 것이라 생각해 본다. 오늘 주어진 24시간이 지나가고 나면 다시 하루가 시작된다. 왜냐하면 시간은 둥글기 때문이다. 힘들었던 시간이 지나가고 나면 언젠가 다시 또 그 시간들을 만나게 될 것이다.

사랑했던 시간들은 지나가고 새로운 사랑을 만나 울고 웃는다. 우리가 둥근 것은 시간이 둥글기 때문이고, 시간이 둥근 것은 바다가 둥글기 때문이고, 지구가 둥근 것은 돌아가기 위해서겠지. 어제 빛을 비추었던 곳으로 다시 돌아가야 한다. 너를 만났던 곳으로 다시 돌아가야 한다.

수줍게 웃으며 이다음에 공주님이 될 거라 말했던 그때로 돌아가야 한다. 순수했던 그때로 말이다.

#04
아무도 없을 곳으로

어느 날 문득 이대로는 안 되겠다 생각했다. 이렇게 살다가는 적당한 회사에 취직해 돈 이삼천만 원 정도 모아서 결혼하고 애기 낳고 살겠지? 상황이 안 좋으면 드라마 〈사랑과 전쟁〉 속의 사건들도 터지면서.

그렇게 살고 있을 미래의 나를 생각하니 끔찍했다. 어차피 일하고 먹고 잠자는 똑같은 생활을 할 거라면 굳이 한국이 아니어도 좋겠다는 생각이 들었다. 왜 그런 사람들 있잖아. 무작정 미국으로 가서 식당에서 설거지하며 학비 벌고 공부하고 성공하는 사람들. 그래, 젊어서 고생은 사서도 한다잖아.

그럼 어디 그 고생 한번 사 볼까? 비행기를 열 시간이나 타야 갈 수 있다는 캐나다 사람들은 무엇을 먹고 살까? 어떤 옷을 입을까? 비가 내릴 때 하늘은 무슨 색일까? 우리 아빠도 한 번쯤은 외국에서 그림을 그려 보고 싶었겠지? 만화로 세상을 표현하고 싶었던 아빠처럼 나도 많은 것을 보고 느끼고 그것을 글로 써 보고 싶었다.

만화가로서 더 크게 날아오르지 못한 아빠의 아쉬움을 내가 대신 이

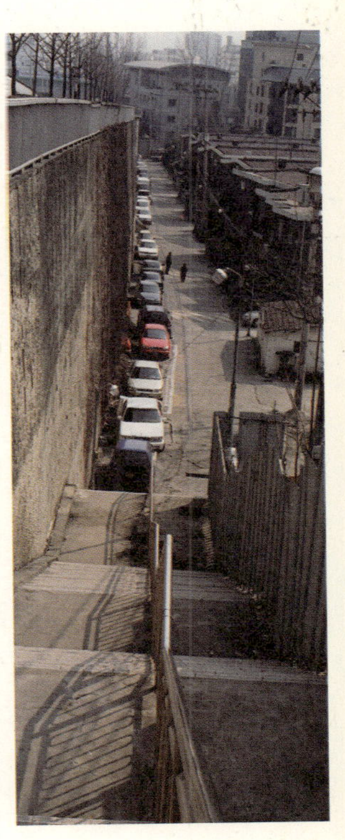

루겠다는 마음이 나도 의식하지 못하는 사이에 커져 왔던 걸까? 그런 욕망이 강해질수록 누구도 막을 수 없는 강한 고집쟁이가 되어 가고 있었다. 보이지 않는 울타리 안에 갇혀 있는 느낌이었다. 스물다섯에는 취직해야 하고, 스물여덟쯤엔 결혼을 해야 하고……. 아니 어째서 인생에서 가장 중요한 일들을 20대에 결정짓지 않으면 안 되는 거지? 사람들이 정해 놓은 시간표대로 살기 싫었고 그것은 불행해지는 지름길이라 생각했다. 그러니 나는 당신들이 정해 놓은 시간표대로 살 수 없다. 나를 모르는 사람들투성이인 먼 곳, 적어도 내 인생의 울타리는 내가 엮어 갈 수 있게 해주는 곳으로 가야지. 그래 한번 가 보자.

#05
선의의 거짓말

최소한 차비는 있어야 하는데 걱정이 이만저만이 아니다. 결국 살고 있던 오피스텔의 보증금으로 해결하기로 했다. 다음 단계는 캐나다로 가겠다는 말을 가족들에게 하기.

내가 알기론 우리 집에서 누구 하나 외국으로 간 적이 없었다. 외국에 나간다는 건 부잣집에서나 가능한 일이라 생각할 게 뻔하다, 엄마와 오빠는. 좀 더 그럴듯하고 적당한 이유가 필요했다.

— 글을 쓰고 싶어. 많은 사람들을 만나 이야기도 듣고 싶고 사진도 찍고 싶어.

이렇게 말한다면 이해는 해줄까? 글 쓰고 싶다는 말 자체로 충격일지 몰라.

— 엄마, 나 아프가니스탄으로 봉사활동 다녀올게.

— 뭐? 거기가 어딘데?

— 저어기, 이란 옆에 있는 나라야.

— 거기서 뭐하는데?

글을 쓰고 싶어.

많은 사람들을 만나

이야기도 듣고 싶고

사진도 찍고 싶어.

— 기술자들은 기술을 가르쳐주고, 병도 치료해 주고, 집도 만들어 주고……
한글도 가르쳐주나? 그건 잘 모르겠지만, 가고 싶어.

— 얼마 동안이나 가 있는 건데?

— 6개월. 모든 경비는 내가 대야 해. 숙식은 제공되지만.

— 근데 거기 아프 어쩌고는 위험한 나라잖아.

— 안 위험한 나라가 어디 있어! 미국에도 6.25 때문에 한국이 위험하다고 생각하는 사람들이 아직도 있는데.

— 안 돼! 거긴 안 돼!

당연한 대답이다. 내가 엄마라도 사랑하는 딸을 그 위험천만한 곳으로 보낼 수는 없을 것이다. 마음을 가다듬고, 다시 엄마에게.

— 그럼, 나 캐나다 가도 돼? 사실 캐나다 항공사 공항직 인턴십에 붙었거든. 거기 다녀오면 나중에 승무원 시험 볼 때도 더 인정해 준대.

— 거긴 얼마 동안 가 있는 건데?

— 일단 6개월이고 연장하고 싶으면 일 년까지 있어도 된대. 엄마, 제발 보내주라. 따로 돈 드는 거 없어. 비행기 값만 내가 부담하면 되는 거야.

— 언제 갈 건데?

— 웅, 다음 달에.

조금은 미심쩍어하면서도 흔쾌히 다녀오라는 엄마를 보고 있자니 어찐지 너무 미안했다. 하지만 이렇게 해서라도 꼭 가야만 했다.

나에게 다가올 새롭고 즐거운 날들을 생각하니 벌써 가슴이 설렌다.

어렸을 때부터 선의의 거짓말은 해도 되는 거라고 엄마가 가르쳐 줬다.

PART 2

in - flight 비행

▷▶▷ TORONTO, CANADA

엄마, 미안해!
이렇게라도 하지 않았으면
나 어디든 가지 못했을 거야.

#06

Take care!

돌아갈 곳을 듬직하게 남겨 두고 야심차게 떠나는 여행은 싫다. 많은 사람들이 말한다.

— 난 돌아갈 곳이 있으니까 괜찮아!

도대체 뭐가 그리도 괜찮다는 거지?

그저 새로운 곳으로 가고 싶었다. 캐나다 왕복 일 년 오픈티켓을 샀고 남은 돈 삼백이십만 원을 가지고 토론토로 훌쩍, 정말 훌쩍 떠나기로 했다. 지인? 그저 친구의 친구가 토론토에서 유학 생활을 하고 있고 그 친구의 아파트에 남은 빈 방이 있다기에 일단 그곳으로 갈 생각이었다.

밴쿠버에 도착해 도메스틱 라인으로 갈아타기 위해 입국 심사를 받는데, 심사대 남자가 나를 의심하기 시작했다. 스물세 살 젊은 여자가 뚜렷한 직장도 없고 유학생도 아니고 관광비자로 6개월을 꽉 채워서 있겠다고 하니 더더욱 큰일 낼 여자라 생각했는지 옆으로 나오란다.

— 직업은?

— 작가. 글을 쓰고 있어.

— 작가라는 걸 증명해 줄 수 있나?

맥북을 열어 글들을 보여주니 해석해 달란다.

— 네 가방 속에는 뭐가 들었지?

— 옷이랑 이것저것 들어 있지.

— 보여줄 수 있어?

— (야, 장난하냐?) 응, 물론!

3단짜리 검은색 이민가방 뚜껑을 열자 튜브형 고추장이 제일 먼저 보였다.

— 이건 고추장이야. 밥 먹을 때 아주 유용하지.

하지 않아도 될 말을 참 잘도 한다. 나는.

— 카메라에는 무슨 사진들이 있지?

— 나는 사진을 찍고 글을 쓰니까 물건이나 풍경 사진들, 그냥 이것저것.

— 보여줄 수 있어?

— 이건 필름카메라여서 볼 수가 없어. 미안해.

— 음, 괜찮아, 이제. 그럼 즐거운 여행이 되길 바라.

— 응, 고마워. 그리고 난 변덕이 심해서 어쩌면 다음 주에 돌아갈지도 몰라. 그러니 너무 걱정하지 마.

— *Take care!*

그렇게 나를 의심하던 놈이 손을 흔들며 웃는 얼굴로 "Take care"라고 말해 준다.

Take care. 이 말이 좋아진 건 이때부터다. 무심하게 들릴지는 모르지만 시니컬하면서도 말하는 사람의 마음이 푹 담겨 있는 것 같다.

응! 나 꼭 take care 할게! 고집 세어 보이는 검은 머리 동양 여자에게 비즈니스 때문도 아니고 지인도 없는 낯선 곳에서 도대체 무엇을 하려는지 궁금해하고 묻는 일이 네가 하는 일이고 해야 하는 일이겠지. 나 그다지 겁먹거나 상처 받지 않았어. 가방 열어 보라고 했을 때 자존심 약간 상한 것 빼고.

밴쿠버에서 무사히 토론토 행 비행기를 타고 나니 갑자기 피곤이 몰려왔다. 잠이 곧 들려는데 엄마 생각이 났다. 말하자면 거짓말을 하고 떠나온 것이다. 엄마, 미안해! 이렇게라도 하지 않았으면 나 어디든 가지 못했을 거야. 많이 보고 배우고 큰 사람이 될게. 지켜봐 줘. 나에게 소중한 두 사람, 엄마와 오빠는 점점 멀어져 가고 있었다. 그렇게 울먹울먹 잠이 들었다.

#07

922호, 나인 투 투

나는 왜 짐가방을 검정색으로 샀을까? 토론토 공항에 도착해 보니 도대체 내 가방이 보이질 않았다. 짐을 찾는 데 두 시간이나 걸렸다. 나중에 보니 다른 항공편 짐 속에 섞여 있었고, 같은 비행기를 타고 온 사람들의 3분의 2 정도는 다 빠져나간 뒤였다.

이미 공항 밖에는 제리가 나를 목 빠지게 기다리고 있었다. 제리는 토론토 대학교에서 유학 중인 네 살 많은 오빠다. 토론토에서 어학연수를 했던 대학 친구의 소개로 알게 되었다. 그날 아침엔 922호의 친구들이 다 같이 퀘벡으로 자동차 여행을 가는 날이었다. 제리를 만난 시간은 새벽 4시 30분.

드디어 도착. 토론토의 새벽하늘은 참 낮았다. 하늘이 낮게 느껴지면 그곳은 내가 있어야 할 곳이라는 생각을 해보았다. 그러고 보면 지금까지 서울의 하늘은 너무 높았다.

내가 살게 된 집은 다운타운 Young&Bloor 스트리트에 있는 큰 아파트. 3층엔 수영장과 짐gym이 있고 바비큐 파티를 할 수 있는 라운지

제리와 룸메이트들은 내 가방을 보고 신기해했다.

— 아니 어쩜 이렇게 짐을 사각형 모양으로 잘 쌌지?

(헤헤, 엄마가 구석구석 티셔츠를 잘 넣어 준 덕분이지.)

도 있었다. 이제껏 살아 본 집 중에 가장 좋은 곳이었다. 1층엔 스타벅스도 있어서 매일 아침 나는 그곳에 앉아 일기를 쓰고 두 잔의 커피를 마셨다. 엘리베이터를 타고 9층에 내리면 왼쪽으로 가야 할지 오른쪽으로 가야 할지 늘 헷갈렸다. 아직 적응이 되지 않아서겠지. 하지만 그 집에서 나와 다른 곳으로 이사를 갈 때까지도 엘리베이터에서 내리면 늘 두리번거렸다.

나의 삶은 마치 적응되지 않는 이곳, 나인 투 투 같았다. 내가 살고 있는 나의 집인데 그 집은 나의 집이 아니었다. 내가 이끌어 가는 삶인데 도대체가 내 맘대로 되지 않았다. 어느 방향으로 가야 할지 몰라 방향 감각을 잃고 서 있기 일쑤고, 해보고 싶은 것을 하지 못하는 집안 형편에도 적응하지 못했다.

그렇게 계속 살아왔으니 적응했을 법도 한데 매번 이해가 안 된다. 이제는 좀 잘 풀릴 때도 됐잖아. 얼마나 더 힘들어해야 하지? 없으면 없는 대로, 힘들면 힘든 대로, 일이 잘 안 풀리면 안 풀리는 대로 살기 싫었다. 뭔가 누군가가 개선하지 않으면 더 나아질 리 없다. 절대로.

그래서 이곳까지 오게 된 것은 아닐까 생각해 보았다. 인생을 알려면 아직 멀었는데 무슨 소리냐고? 마음대로 되지 않을 걸 알기 때문에 떠나온 건지도 모르잖아 :-)

I'm right

내가 행복하면 그만이다.

나의 시계는 항상 옳다.

#08

다섯 살, 로렌을 만나다

로렌은 얄미운 여우 같은 얼굴을 하고 있었다. 새초롬해서 웃기는커녕 인사도 제대로 하지 않았다. 한마디로 말하면 낯을 가리는 아이였다. 캐나다로 이민 온 케빈 오빠(제리의 친구다)의 사촌 동생인데, 일 년 전 초청 이민으로 엄마와 단둘이 토론토로 오게 되었단다. 이민자들은 어쩐지 짠하다. 어쩌면 어디론가 떠나고 싶은 나 같은 마음을 더 깊게 품은 사람들이 이민을 떠나는 것일지도 모른다. 다시는 돌아가지 않겠다는 마음가짐으로. 그래서 그들은 짠하다.

로렌은 내가 늘 가지고 다니는 카메라를 좋아했다. 나를 따라다니며 카메라로 사진을 찍고 싶어 했다. 분명 나는 로렌에게 좋은 영향을 주는 사람이었을 것이다. 로렌이 내 카메라를 들고 있으면 로렌의 엄마는 야단을 쳤다. 나는 그게 싫었다. 비싼 카메라를 들고 있다가 떨어뜨리면 물어줘야 하니까 걱정되는 마음에서였을 것이다. 하지만 난 괜찮았는데. 오히려 뭔가에 관심 갖고 찍어 본다거나 목에 걸어 본다거나 하는 모습이 너무 예뻐서 카메라 따위 실수로 떨어뜨린다 해도 용서할 수 있을 것 같았다.

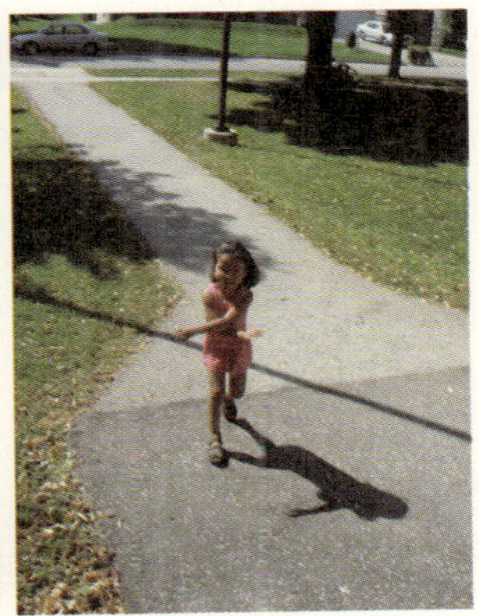

로렌의 한국 이름은 하늘.

— 하늘아, 하늘이는 커서 뭐가 되고 싶어?

내가 물으면, 망설임 없이 로렌은 이렇게 대답했다.

— 응, 나는 엄마랑 행복할 거야.

아빠와 여동생은 한국에 있다고 했다. 왜 떨어져 지내게 되었는지 궁금했지만 묻지 않았다. 아무리 궁금해도 다섯 살 로렌에게 아픈 기억을 되새기게 하는 짓은 할 수 없었다.

로렌의 특징은 어른스러운 말을 하는 거다. 유치원에 다녀오면 늘 이모, 이모부(케빈 오빠의 부모님)와 집에 있으니 어른의 말을 곧잘 배워서 한다. 예를 들자면, 사람들은 보통 "젓가락으로 두부 먹는 건 힘들어. 숟가락으로 먹어야지"라고 말한다면, 로렌은 "어지간해서는 젓가락으로 힘들어"라고 말한다. 다섯 살짜리가 '어지간해서는'이란 말을 쓰다니.

— 언니, 하늘이는 괜찮아. 아빠랑 동생이랑은 같이 살 수 없지만 엄마랑 같이 살고 있으니까 하늘이는 행복해.

슬픔이 무엇인지 알고 눈물이 어떤 것인지 잘 알고 있는 로렌이었다. 일부러 괜찮다, 괜찮다 말하는 것 같았다. 슬픔을 감추려는 것인지, 괜찮다 하면서 괜찮지 않다고 말하는 것인지는 잘 모르겠다. 확실한 건 괜찮다고 말하고 있다는 것이다. 괜찮아질 거란 사실을 알고 있는 것 같다는 생각이 들었다. 지금은 괜찮지 않지만 괜찮아질 거라는 믿음.

로렌, 사실 언니도 굉장히 힘들어. 떠나오긴 왔는데 이곳에서도 생활비를 걱정해야 하고, 배우고 싶은 것도 많은데 현실은 이 토론토에도 있더라. 하늘의 구름처럼 내가 어디에서 살고 있건 늘 내 머리 위에 있어. 그래서 괜찮지 않은 것 같아. 그렇지만 로렌을 보고 언니는 힘이 나고 있어! 언니도 괜찮아! 응, 괜찮아질 거야!

로렌이 다니는 유치원에 갔다. 그날은 로렌을 데리러 갈 사람이 없어서 내가 가기로 한 날이다. 뒤에서 몰래 한참을 바라보고 있었다. 캐나디언 친구들 사이에서도 기죽지 않고 씩씩하게 잘 놀고 있었다. 마치 나의 미니미처럼.

#09
꼭 필요하지 않은 것도 장 보기

이곳은 셸번이라는 동네. 아랍인, 중국인 등이 많이 살고 있고 조금은 위험한 동네지만 내가 좋아하는 '노프릴no frills'이라는 마트가 있다. 룸메이트들과 생활비를 걷어 2주에 한 번씩 마트에 간다. 오늘은 모두 바빴기 때문에 나 혼자 가게 되었다.

혼자 마트에 오면 위험하다. 필요하지도 않은 것을 꼭 사고야 만다. 지난번에는 먹지도 않는 시리얼을 다섯 개나 샀다. 물론 맛있게 먹으려고 샀지만. 알록달록 시리얼을 듬뿍 담아 한 입 싹— 먹고 나서 바로 버렸다. 단 음식을 별로 좋아하지도 않으면서 패키지가 예쁘면 그냥 사고 싶어진다. 일반 마트에선 주류를 판매하지 않는 덕에 예쁜 맥주를 살 수 없다는 것이 얼마나 다행인지 모른다. 난 예쁜 병 모으기를 좋아하니까.

뭐 알뜰살뜰한 여자들은 장 보러 갈 때 살 물건들을 메모해서 간다지만, 난 그런 성격이 못 된다. 몇 번 적어도 봤지만 적어 왔다는 사실을 새카맣게 잊고 꺼내 보지도 않았다. 그런데 꼭 필요한 것만 사려고 하면 다른 것들은 구경 못 하잖아. 사려던 것만 봐야 하잖아. 물론 과

소비는 막을 수 있겠지만 말이다.

오늘 저녁엔 카레를 만들 거다. 카레 파우더, 양파, 감자, 당근, 그리고 고기를 골라 카트에 담고, 몸을 돌려 저쪽 소스 코너로 가서 샐러드 드레싱으로 쓸 발사믹 식초와 중국에서 온 굴소스를 괜히 하나 더 담았다. 새우살을 넣어 굴소스로 간을 맞춰 볶음밥을 만든다면 그걸로 922호는 행복할 것이다.

나는 오늘 내 인생이라는 요리에 트론토 922호라는 양념을 쳤다. 그리고 냄비 뚜껑을 닫고 한소끔 더 끓이는 중이다. 나의 삶은 얼마나 맛있을지 기대된다. 꼭 필요하지 않은 것도 장 보기. 가능하다면 '고생'도 사고 싶다.

#10

꿈 앞에 서면 언제나 떨린다

중학교 1학년 때인가. 일요일 오후에 TV를 틀었는데 영화가 나오고 있었다. 제목은 '구두가 발에 맞는다면If the shoe fits'. 자세히 기억은 나지 않지만 현대식 신데렐라 같은 이야기였다. 주인공 제니퍼 그레이가 재능 있는 구두 디자이너였다는 것만 기억난다. 그 영화를 보고 나서 나의 꿈은 구두 디자이너였다. 수업 시간마다 구두만 그렸다. 그때 내가 할 수 있는 거라고는 구두를 그려 보는 일뿐이었다.

고등학교 2학년 때 용기를 내서 엄마에게 미술 학원에 보내 달라 말해 보았지만 엄마의 대답은 'NO'였다. 이유는 단 하나. 미술 학원은 학원비가 비쌌으니까. 미술 학원에 다니는 권지혜가 너무너무 부러웠다. 화실에 앉아 4B 연필을 든 손을 쭉 뻗어 한쪽 눈을 감아 보고도 싶었다.

하고 싶은 것은 반드시 하고야 마는 마음은 어떤 것일까? 내 안의 여러 마음들 중에 어떤 하나의 마음이 강하게 움직이고 있다는 건데, 그게 무엇인지 잘 모르겠다. 하지 못한 것들 중에 아직도 해보고 싶은 것은 다 하기로 했다. 내가 행복해야 하니까.

언젠가 토론토의 한인 벼룩시장 같은 신문에서 미술 학원 광고가 나온 것을 본 기억이 있어 찾아냈다. 평일 낮에 아르바이트를 하는 '오글보글' 식당에서 가까운 거리에 미술 학원이 있었다. 노스욕North York 역까지만 오면 아르바이트와 미술 학원에 다 갈 수 있었다. 3개월치 학원비를 미리 결제했다. 스케치북을 사고 4B 연필을 사고 지우개는 선생님이 주셨다. 바로 수업을 시작하겠느냐는 선생님의 말에 너무 떨려서 "내일부터 나올게요" 하고 그냥 나왔다.

그날 밤, 다 늘어난 스웨터를 입고 피자 한 조각을 데워 맥주를 들고는 베란다에 나갔다. 하늘을 올려다보며 별에 건배를 했다. 바람이 찼다. 캐나다에는 벌써 가을이 오려나 보다.

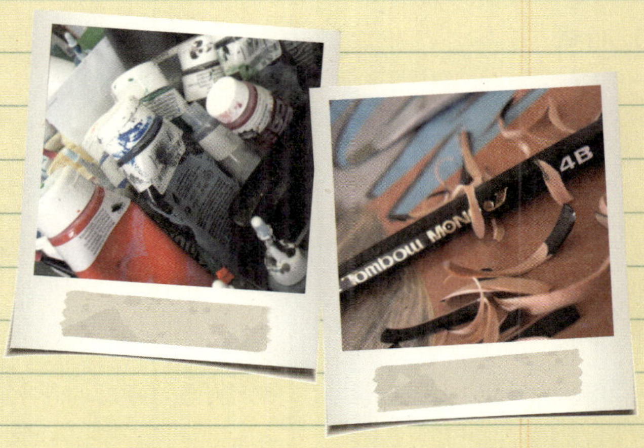

#11
혼자가 되어 버린 순간

이곳에서 난 철저히 혼자다. 학교에 다녀서 친구가 있다거나 하지 않으니까.

제리가 요크빌Yorkville에 가자고 한다. 요크빌은 약간 부자 동네 같은 느낌이다. 그렇다 해도 집에서 걸어가면 고작 10분 정도. 제리는 얼마 전 지갑을 잃어버렸는데 한국에서 아빠가 돈을 보내 주셨다며, 지갑을 사고 맛있는 파스타를 먹자고 했다. 좋아! 밥 사 준다는데 가야지.

제리는 앉아 있는 내내 최근 만나고 있는 여자 이야기만 했다. 중국에서 유학 온 아이인데 너무 사랑스럽다며 입이 귀에 걸렸다. 나는 식은 빵을 올리브 오일에 적셔 먹으며 듣는 둥 마는 둥 딴 생각을 하고 있었지만.

제리는 이내 그 중국인 여자친구를 만나러 가야 할 시간이라며 서둘렀다.

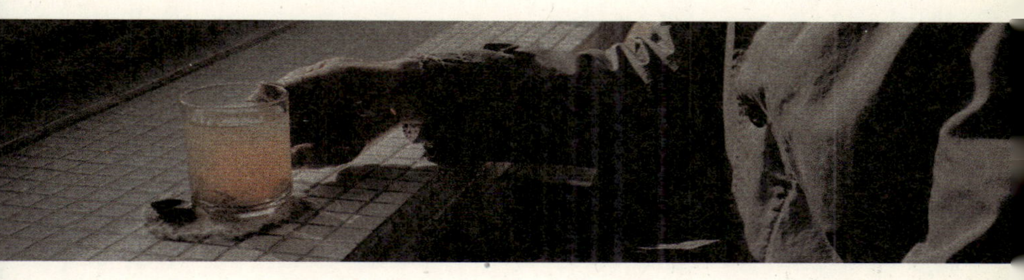

— 먼저 가. 난 좀 더 있다 갈게. (아직 반도 안 먹었다고!)

초밥을 테이크아웃 해야 한다며 나중에 보자고 손을 흔들며 유유히 떠났다. 참나, 좋겠네 좋겠어. 초밥 사다 주는 사람도 다 있고. 그래 너 중국 여자 좋겠다 좋겠어.

일부러 천천히 식사를 다 마치고 카페 테라스에 앉아 에스프레소를 마셨다. 저녁 먹고 나서 맥주는 내가 한잔 사려고 했는데, 내 고민도 좀 늘어놓아 볼까 했는데 이렇게 나를 혼자 둔다. 앞으로는 좀 더 밝게 살아야지, 힘들어도 웃어야지 했는데 자꾸만 생각지도 못한 일들이 생긴다. 아직은 더 혼자여야 하고, 아직은 더 힘든 일을 만나야 하나 보다.

늘 혼자지만 일부러 혼자 있으려고도 한다. 열세 시간을 비행기 타고 이 넓은 땅에 혼자 서 있는 것처럼.

#12
둘이 된다는 것

내가 어디서 왔는지,

무슨 일을 하는지,

가정형편은 어떠한지,

어떤 브랜드의 로션을 사용하고 있는지에 대해

전혀 무관심한 친구를 만나고 싶다고 생각했다.

물론 아무것도 모르고서는 친구가 될 수 없겠지만.

혼자 보내는 시간이 많기 때문에

카메라에 내 모습을 마음대로 담을 수가 없다.

친구가 생긴다면, 사진을 좋아하는 사람이면 좋겠다.

사색을 즐길 줄 아는 사람.

아무 말도 하지 않은 채 마주보고 앉아 커피를 마시면서

흐르는 음악만 듣고 있어도 안심시켜 줄 수 있는 사람.

이런 생각을 하고 있는 사이, 숲의 공기가 카메라에 예쁘게 담기고 있었다.

둘이 되는 것은 그리 어려운 일은 아니다.

말하자면 사랑을 하는 일은 그리 어렵지 않다.

다만 다시 혼자가 되었을 때 참을 수 없을 만큼 힘이 들 것이다.

다시 혼자가 되는 것이 두려워 사랑을 할 용기도,

친구를 사귈 용기도 생겨나지 않는지도 모르겠다.

ROSEDALE

#13

ROSEDALE NEXT

전화 요금을 못 내서 전화가 끊겼지.
집에서 제일 가까운 로즈데일 역으로 찬바람을 가로지르며
너에게 전화를 하기 위해 걸어가는 것도 행복이었어.
동전을 넣어 너의 전화번호를 누르고
목소리를 듣는 것만으로도 행복했지.
너와의 마지막 통화도 로즈데일 역 공중전화였어.
마지막 안녕을 말하려던 순간 지하철이 들어오는 바람에
미처 말도 못 하고 너의 목소리도 듣지 못하고 마지막 동전은 떨어졌어.
그래서 그런가 봐. 로즈데일 역이 슬픈 이유.

지하철을 타면 드라이버가 말하지.
Rosedale next, Rosedale next.
다음 역은 로즈데일, 로즈데일입니다.

다음 역은 이별입니다.

#14

손을 뻗어도
닿지 않을 거란 걸
알기에

매일매일 하늘을 올려다보는 사람은 몇이나 될까?

집을 나서자마자 습관적으로 하늘을 올려다보는 사람은 얼마나 될까?

하늘을 보는 일은 지난 추억을 떠올리는 일과 같다는 생각을 해본다.

하늘 한번 올려다볼까, 해서 올려다본 게 아니라

우연히 하늘을 봤는데 구름이 너무 예쁜 날,

지난 추억 한번 떠올려 볼까, 가 아닌

우연히 어떤 추억거리가 떠올라 미소 짓게 되는 그런 날이 있다.

와, 저 구름 좀 봐! 지금 나와 아주 가까운 곳에 구름이 있어.

손을 뻗으면 당장이라도 만질 수 있을 것 같아.

하지만 손을 뻗지는 않았다.

손을 뻗어도 닿지 않을 거란 걸 알고 있었기 때문에.

네 이름을 부르면 당장이라도

고개를 돌려 나를 향해 웃어 줄 것만 같았다.

하지만 부르지 않았다.

불러도 들리지 않을 거란 걸 알고 있었기 때문에.

들려도 돌아보지 않을 걸 알고 있었기 때문에.

어쩔 수 없었대

다시 돌아오지 않았던 그 사람 말이야.

어쩔 수 없었을 거야.

너에게 돌아가지 못할 이유가

삼천오백 개쯤은 있었을 거야.

#15
해룡반점

'크리스티Christie'라는 곳에는 한인들이 모여 산다. '롯데백화점'이라는 옷가게도 있고, '명동'이라는 잡화 가게도 있다. 70~80년대 한국을 느낄 수 있는 곳. 낡고 오래된 것을 좋아하는 나에게는 굉장히 매력적인 곳이다. 한국과 떨어진 먼 이곳까지 와서 한국인만의 터를 꾸며 놓고 살아가고 있는 사람들은 내 마음을 짠하게 하지만.

크리스티에는 해룡반점이 있다. 빨간 간판에 노란색으로 '해룡반점'이라 쓰여 있지만 처음엔 '해반룡점'이라 읽었다. 자장면이냐 짬뽕이냐, 보통은 그게 문제지만 난 지금까지 자장면을 시켜 본 적이 없다. 무조건 짬뽕이다. 그런데 짬뽕을 선택하고 나면 살짝 난감하다. 그냥 짬뽕이냐 짬뽕밥이냐, 그것이 내겐 문제였다. 쫄깃쫄깃 면발이 입속으로 후루룩 들어가는 느낌은 나에게 행복감을 준다. 그렇다면 짬뽕이지!

비싸기도 했고 굳이 캐나다까지 와서 이런 것을 다 찾아 먹는 게 어쩐지 부끄러워 다시는 크리스티에서 짬뽕을 먹지 않기로 결심했다. 그 대신 셔터를 눌렀다. 반드시 이 짬뽕이 그리울 날이 찾아올 것이다. 분명히 또 먹고 싶어질 것이다. 그래서 아직까지도 내 품에는 해룡반점 사진이 슬프게 남아 있다.

지금은 잘 먹는 파프리카를 그때는 좋아하지 않았나 보다. 입맛은 이렇게 바뀌는데 나란 사람은 도대체 왜 이 모양인지. 자장면이냐 짬뽕이냐를 고민하지 않고 무조건 짬뽕을 선택하듯, 중요한 선택거리를 앞에 놓고 무조건 내가 하고 싶고 원하는 쪽을 선택하는 것이 문제일 수도 있겠다는 생각이 든다.

다음엔 자장면을 주문해야겠다. 캐나다 토론토 크리스티에 있는 해룡반점 창가에 앉아서. 아직 해룡반점이 그곳에 있다면 말이다.

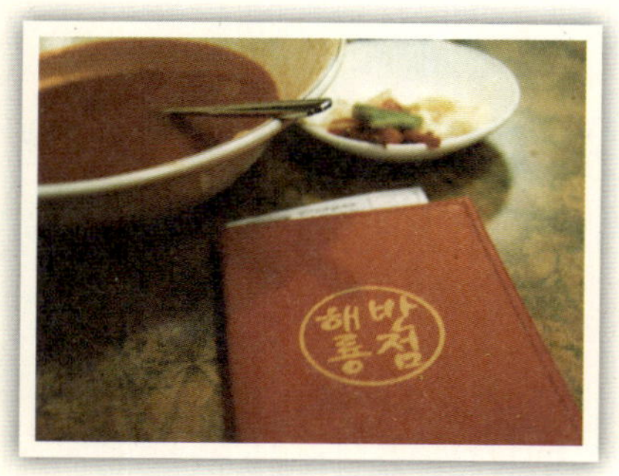

#16

소고기 다시다를 좋아하는 남자

소고기 다시다는 어쩜 이리도 맛있는 걸까? 엄마가 항상 일을 하셨기 때문에 집에서 오빠와 할아버지와 저녁을 자주 먹었다. 초등학교 때는 하교 후 혼자 자주 먹던 것이 밥+간장+참기름+소고기 다시다 조금. 이렇게 넣어서 밥을 비비면 너무너무 고소하고 짭짤하고 맛이 기가 막혔다. 엄마한테 걸리면 혼났지만 그게 그렇게 맛있을 수가 없었다. 일명 다시다밥!

크리스티에 가서 라면과 소고기 다시다, 그리고 백설기 떡을 샀다. 룸메이트의 친구들이 모여 파티를 하기로 한 날이었다. 난 922호에 살고 있었기 때문에 자동적으로 참석 권한이 주어졌다. 캐나디언인 콜린은 다시다를 신기해했다.

— 도대체 이 가루가 뭐기에 이런 맛이 나는 거지?

— 국(스프)을 끓이거나 음식의 간을 맞출 때 쓰여. 개인적으로 난 소고기 다시다를 너무 좋아해. 맛있으니까.

그 뒤로 콜린은 룸메이트를 따라 우리 집에 자주 놀러 왔다. 아니 자주 먹으러 왔다. 룸메이트가 신 김치를 잘게 썰어 참기름 조금, 소고기 다시다 조금 넣고 버무린다.

— 신 김치가 왜 이렇게 맛있어?

내가 묻자 비밀이라고 한다. 내가 모르는 줄 안다.

어느 날은 각국의 카레를 만드는 파티를 했다. 룸메이트는 한국식 카레를 만들었고 물론 그 카레에도 소고기 다시다를 넣었다. 아니 카레에 누가 다시다를 넣지?

— 카레에 뭘 넣었어? 이상한 맛이 나.

이상하긴 뭐가 이상하냐고 한다. 내가 모르는 줄 안다. 그녀가 요리하는 대부분의 음식에는 소고기 다시다가 들어갔다. 콜린이 소고기 다시다가 좋다고 했나 보다. 너는 콜린을 좋아했으니까. 콜린이 맛있게 먹어 주는 게 좋았을 테니까. 그게 너에겐 행복이었을 테니까.

이렇듯 사랑하는 누군가를 위해 복작복작 부엌에서 음식을 만드는 일은 행복한 일인 걸까? 아직 입에 넣지도 않았는데 "어때? 간이 좀 세게 됐지?" 묻고 있지는 않은지. "밥 좀 더 줄까?" 물으며 긴장하고 있지는 않은지.

겨울에는 반드시 새우튀김을 먹어야 한다는 게 내 철칙이다. 실한 놈으로 골라와 직접 옷을 입히고 튀겨내서 좋은 사람들과 함께 모여서 먹고 싶다. 나의 새우튀김을 네 앞에 놓아 주고 싶다. 아직 젓가락을 들지도 않았는데 잘 튀겨졌느냐 묻고 있을 내 모습이 아른거린다.

혹시 내가 초등학교 때 즐겨 먹던 다시다밥을 만들어 줬다면 콜린은 나에게 반했을까? 오늘은 오랜만에 다시다밥을 만들어 먹어야겠다.

카레에 뭘 넣었어? 이상한 맛이 나.

#17
이별하기

그날은 배낭여행 준비를 하고 있었다. 눈이 무릎까지 쌓인 아침, 토론토에서 만난 사람들에게 감사의 편지를 쓰려고 문구점에서 편지지를 고르고 있는데 전화가 왔다. 케빈 오빠의 여자친구 사라였다.

— 지금 좀 와 줄 수 있어?

밤새 눈이 많이 왔기 때문이었을까? 운전자는 다섯 살의 작은 로렌을 미처 보지 못하고 그대로 달렸고, 로렌은 그 자리에서 바로 숨을 거두었다. 로렌은 더 이상 캐나다의 예쁜 구름을 볼 수 없게 되어 버렸다.

— 얼른 언니처럼 키 큰 어른이 돼서 같이 사진 찍으러 가고 싶어.

로렌의 음성이 아직도 들려오는 듯했다. 씩씩하고 어른스러워서 때로는 오히려 로렌에게 많은 것을 배울 수 있었는데……. 로렌과 함께했던 적지 않은 날들이 떠올라 차마 그 자리에 있을 수가 없었다.

"로렌! 언니는 이제 한 달 동안 여행하다가 한국으로 들어갈 거야. 내년에 놀러 올게! 잘 지내고 있어!"라는 굿바이 인사말과 로렌이 좋아

하는 커다란 헬로키티 인형 선물을 준비해 뒀었는데, 그런 것은 다 부질없다 가르쳐주듯 로렌은 떠났다.

죽음이라는 것. 사실 나에게는 큰 슬픔이 아니다. 초등학교 4학년 때 아빠가 돌아가신 후로 죽음이 그리 슬픈 일은 아니라는 생각을 하게 되었다. 아빠와의 이별이 이별인 줄 모르고, 슬픔이 슬픔인 줄도 몰랐던 열 살이었다. 사람은 누구나 다 죽잖아. 단지 그때가 언제인지가 다를 뿐이지. 어쩔 수 없으니까. 아름다웠던 사람으로 기억하면 되는 거다. 내겐 천재 만화가였던 아빠, 씩씩하고 예쁜 로렌, 그리고 아름다웠던 수많은 사람들. 나는 이별에 능숙한 편이었다.

로렌의 묘지에는 소매 없는 여름 원피스를 입고 있는 사진이 새겨졌다. 한겨울에 그 사진을 보니 마음이 더 아팠다. 토론토, 안녕! 로렌, 안녕!

반복

푸르렀던 것들이
시들어 가는 것을 보고 난 다음에야
그때가 참 좋았다고 생각한다.

#18
빨강머리 앤, 기다려

캐나다의 작은 섬, 프린스 에드워드 아일랜드PEI 주.

초등학생 때부터 빨강머리 앤을 좋아했다. 고아였지만 늘 밝고 공상하기 좋아하는 모습이 꼭 나와 같다고 생각했다. 나는 내가 앤이라 생각하며 유년기를 보냈다. 할아버지와 엄마, 오빠와 살았는데 할아버지는 매튜 아저씨, 엄마는 마릴라 아주머니, 오빠는 매튜 아저씨의 일을 도와주던 남자, 이렇게 나름대로 인물 설정을 해놓고서.

그야말로 나는 빨강머리 앤이었다. 고집 세고 엉뚱하고 시 읽는 것을 좋아했다. 앤은 씩씩했다. 나는 씩씩했다. 어렸을 때부터 많이 들어온 말이 "아빠 없는 애 같지 않다"였다. 그만큼 밝고 잘 웃었나 보다.

— 아빠 없는 사람은 아빠 없는 걸 티 내고 살아야 해?

엄마에게 물을 때마다 엄마는 내 엉덩이를 두드려 주었다.

『빨강머리 앤』을 쓴 루시 몽고메리의 고향, PEI의 샬럿타운에 앤의 그린 게이블즈(초록색 지붕집)가 있다는 사실을 접한 지 딱 3년 만이었다. 드디어 앤의 마을에 갈 수 있게 되었다. 이제부터 배낭여행 시작! 가장 먼저 갈 곳은, 아니 가야 할 곳은 PEI다!

굉장히 조용하고 누구나 착해 보이는 PEI에 내가 서 있게 될 줄은 정말 꿈에도 몰랐다. 게스트 하우스 아저씨에게 그린 게이블즈에 가려면 어떻게 해야 하느냐 물으니, 내일 아침에 데려다줄 수 있다고 했다. 만약 내일 오전에 그린 게이블즈에 간다면 나는 더 이상 PEI를 동경하지 않게 되겠지. 기대하던 곳이라 오히려 실망할 수도 있겠지.

다음날 아침 아직 침대에 누워 있는데 주인아저씨가 부른다. 지금이면 나를 그린 게이블즈에 데려다줄 수 있노라 말한다.

— 음, 역시 가지 않는 게 좋겠어요.

그날은 샬럿타운 시내에 즐비해 있는 앤의 숍에서 실컷 구경을 했다. 어깨가 부푼 앤의 소매 원피스를 살까, 손잡이가 고장 난 앤의 가방을 살까 하다가 지금 배낭여행 중이라는 현실에 아차 싶어 'ANNE'이라 쓰인 작고 가벼운 연필 다섯 자루를 샀다. 앤은 늘 말했다.

— 제 이름은 앤이에요. 뒤에 E가 붙은 앤이요. ANN 말고 ANNE이요.

후회하지 않는다. 그때 그린 게이블즈에 가지 않은 것. 오히려 가지 않길 잘했다. 난 지금도 PEI 샬럿타운에 있는 앤의 초록색 지붕집을 꿈꾸고 있으니까. 가 보고 싶고 보고 싶어 하는 마음은 정말 아름다운 게 아닐까? 어딘지 모르게 짠하고 생각만으로도 눈물 나는 그리움 말이다.

꿈을 눈앞에 두고도 일부러 잡지 않는 것도 때로는 필요한 일이라고 생각해 본다.

#19
타임머신

캐나다 전 지역을 버스로 갈 수 있는 방법은 그레이하운드 버스다. 캘거리, 벤프, 몬트리올, 퀘벡, 오타와, 밴쿠버 전부 다 갈 수 있단다. 비행기보다 저렴하지만 시간은 오래 걸린다. 하지만 그레이하운드로 시간 여행을 할 수 있게 되었다.

타임머신이 있다고 믿는지? 나에겐 버스, 지하철, 택시, 비행기가 타임머신이다. 스스로 운전하는 자동차를 제외하고 어디론가 나를 데려다주는 탈것들은 모두 타임머신이 된다. 조금까지는 서울에 있었는데 두세 번 잠이 들었다 깼다 반복하니 토론토에 있고, 여덟 시간 전에 출발한 버스는 어느덧 나를 오타와로 데려다주고 있다.

그러니 지금 나는 타임머신을 타고 시간 여행 중이다. 어느 쪽이 미래이고 과거

인지는 모르겠다. 버스 옆자리의 양 갈래 머리를 한 여자아이에게서 어린 시절의 나를 찾았고, 휴게소에서 햄버거에 든 양상추를 다 골라내는 남자에게서 그저께 스친 뚱뚱한 주유소 아저씨를 보았다.

이 타임머신은 한 달이라는 시간 동안 예약되어 있다. 한 달이 지나면 나는 밴쿠버에서 한국으로 돌아갈 예정이다. 결국 이 타임머신은 나를 현실로 데려다줄 것이다. 도망쳐 온 그 현실, 한국으로 나를 데려다 놓을 것이다.

버스, 아니 타임머신에서 잠을 자다가 깨면 자주 보이던 풍경이 있다. 한겨울 버스 안과 밖의 온도 차 때문에 젖어 있는 창문. 내가 어린 줄 몰랐고 내 꿈이 무엇인지도 잘 모르던 모호한 시간.

#20

감옥이었던 곳에서 범죄를 저지르다

감옥이라고? 여기가 감옥이었다고? 숙소 예약을 잘못 한 건 아닌가 싶었지만, 나름대로 용기 있다고 스스로를 믿으면서 그대로 강행하기로 했다. 당연히 무서웠다. 게다가 이 감옥에 있던 사람들은 사형 선고를 받은 사람들이라고 했다.

호스텔 이름은 Jail Hostel. 말 그대로 감옥 호스텔이다. 방문마다 그 방에 갇혀 있던 사람의 이름이 적혀 있었다. DARCY! 다시라는 사람이 이 방에 있었던 거다. 무시무시한 과거가 있는 방에서 무려 이틀이나 지내야 하다니. 외관은 정말 감옥이었다. 캐나다는 감옥도 멋있네~. 한국 드라마에서 두부를 들고 출소하는 아들을 기다리는 어머니 모습 뒤에 보이던 한국의 감옥과는 느낌이 좀 달랐다. 창문은 철창으로 되어 있었고 전체적으로 분위기가 다운된 곳이었지만 오랫동안 기억에 남을 것 같아 기분은 좋았다.

계획한 여행이 앞으로 보름 남았다. 돈이 거의 남지 않아 불안한 마음에 물도 사지 않고 화장실 물을 받아 마셨다. 호스텔 지하 1층에는 각 방에 묵고 있는 사람들을 위한 작은 찬장들이 있었고, 에어컨

이 작동되고 있었고, 나름대로 냉장고를 만들어 놓았다. 자물쇠가 채워진 찬장들이 대부분이었는데, 앗! 자물쇠가 채워지지 않은 찬장 하나! 그리고 그 안에 있는 오렌지 주스! 보는 순간 나도 모르게 침을 삼켰다. 입꼬리도 오르락내리락하고 있었다.

아무도 없나? 3층 방으로 뛰어 올라갔다. 물통을 가지고 내려와 그 오렌지 주스를 물통에 담았다. 주스 통을 쓰레기통에 버리려는 순간, 증거를 없애야 한다는 생각에 주스 통을 조심히 들고 올라와 배낭에 넣었다. 완전범죄 성립! 불과 십 분도 채 되지 않았는데 나는 아무렇지도 않게 주스를 훔쳤다. 죄책감은 없었다. 주스 한 통 그거 마실 수도 있지 뭐! 그러게 누가 자물쇠 채우지 말래? 다음날 아침 7시, 버스를 타야 했기에 서둘러 나왔다. 지난 밤 훔친 오렌지 주스 때문에라도 서두르지 않으면 안 되었다.

오타와는 캐나다의 수도다. 많은 사람들이 캐나다의 수도는 밴쿠버나 토론토로 알고 있지만, 당당하게 오타와가 캐나다의 수도다. 이 조용한 도시 오타와에서 조용히 주스를 훔쳤다는 사실이 뒤늦게 커다란 죄책감으로 다가왔다. 언젠가 이다음에 주스 한 박스 사서 Jail Hostel을 방문해야겠다. 수년 전 겨울에 내가 여기서 주스를 훔쳤다고. 너무 미안하고 미안해서 다시 방문했다고. 그 주스의 주인을 만나 사과할 수는 없겠지만 대신 받아 달라고. 훔친 주스에서 받은 비타민 C가 아직도 내 몸속에 흐르고 있다고.

작고 아름다운 도시, 오타와. 무엇을 해야 할지 모르겠는 도시. 오타와의 밤은 너무 아름다웠다.

#21
기내용 고추장 다섯 개

아, 진짜 이제는 햄버거도 질리고, 중간에 휴게소에서 먹는 감자튀김도 지겹고, 그렇다고 비싼 한식 레스토랑에 가는 것도 무리다. 이불 속에서 된장찌개와 비빔밥 생각에 발버둥만 쳤다.

배낭 속에 보물처럼 간직해 두었던 햇반 작은 것 하나, 그리고 짜잔! 나에게는 기내용 고추장이 있지! 그것도 다섯 개! 옆 침대 친구에게 당연한 듯 계란 하나를 꾸고 호스텔 키친으로 내려가 계란을 부쳤다. 햇반을 전자레인지에 돌려서 고추장 두 개를 쭉쭉 짜 비빈 후 반숙된 계란 프라이를 얹었다. 바로 이거다. 한 입 가득 넣었을 때의 식감! 계란 프라이가 이렇게 맛있었나? 고추장도 일반 고추장이 아니라 소고기볶음 고추장이었다. 행복해, 행복해! 엄마, 나 정말 행복해!! 가슴을 치며 밥을 순식간에 다 먹었다.

다 먹은 그릇을 씻고 방으로 올라왔는데 옆 침대 친구가 계란으로 뭘 해 먹었는지 물었다. 비빔밥을 먹었는데 계란이 있으면 더 맛있다고 하자 그 핫소스(고추장)는 어디서 살 수 있는 거냐고 물었다. 비빔밥을 먹은 행복감으로, 계란을 빌려 준 그 친구의 넉넉한 마음에 보답하고자 야심차게 기내용 고추장을 두 개 주었다.

오늘 먹은 가난한 비빔밥의 레시피를 적고 괜 아래에 이렇게 썼다.

This is a poor Bibimbap's recipe.

기내용 고추장은 이제 딱 하나 남았다. 마치 이 고추장이 한국으로 돌아가는 열쇠와 같다는 생각. 비빔밥에는 역시 일반 고추장보다 소고기볶음 고추장이 훨씬 맛있다.

This is a poor Bibimbap's recipe.

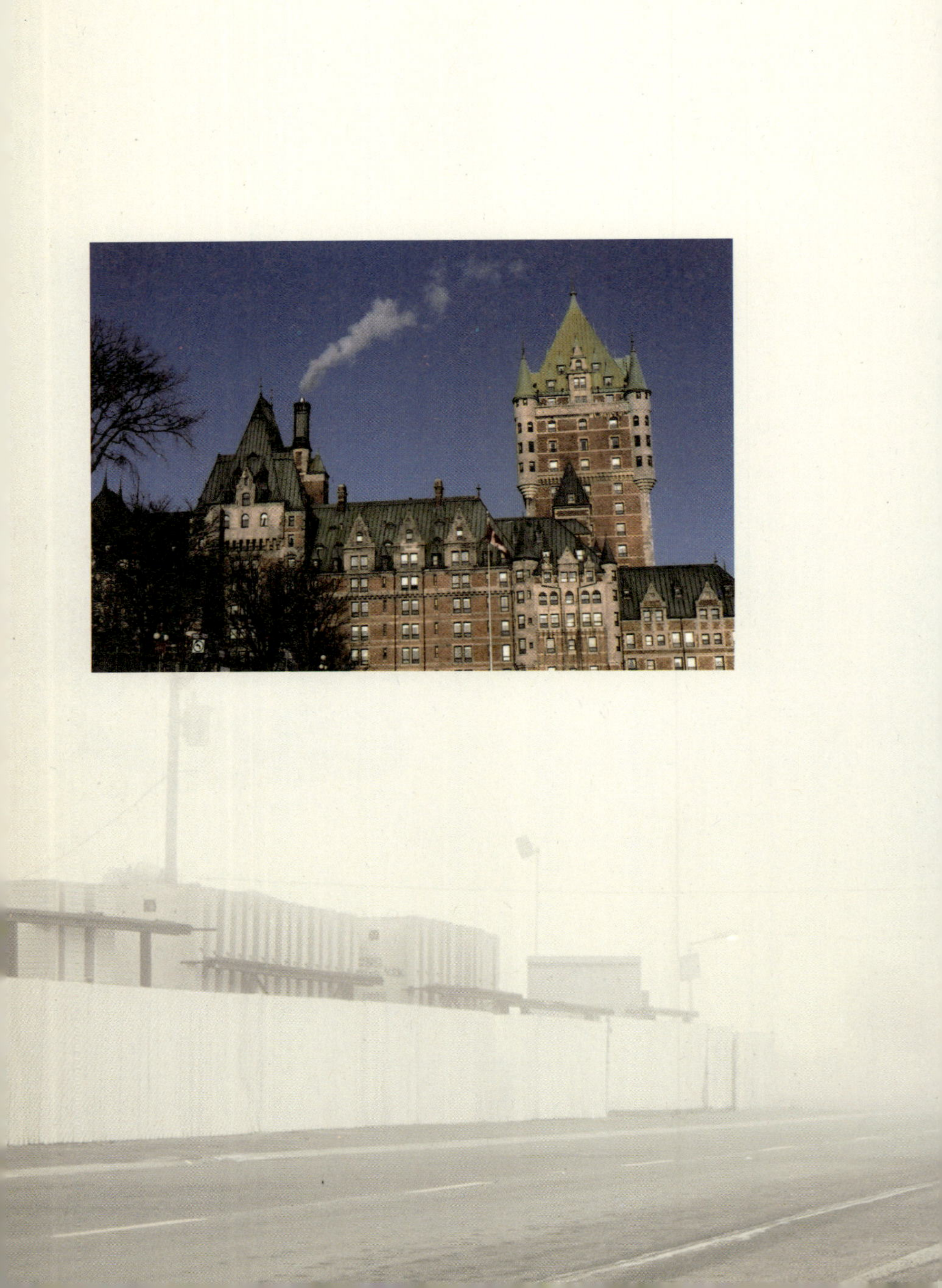

#22
떠나고 도착하는 일

퀘벡시티는 두 번째 방문이다. 토론토에 도착하자마자 자동차 여행을 퀘벡으로 왔었다. 달라진 건 두 가지. 그때는 친구들과 왔는데 지금은 혼자라는 점, 그리고 그때는 다뜻한 봄이 오고 있었는데 지금은 한겨울이라는 점. 한겨울도 진짜 한겨울. 아니 어쩜 이렇게 추울 수 있는 거지? 내복 바지를 두 개나 껴입고 양말 세 켤레, 장갑도 세 겹이나 끼고 퀘벡시티 한가운데에 있는 공원에 올라갔다.

비슷한 시기, 한국에는 눈도 별로 오지 않는다는데 이 눈들이 다 캐나다 퀘벡으로 왔나 보다. 하늘에서 내려올 때 한국으로 가려다가 "아, 아니다, 이번엔 퀘벡으로 가자"며 갑자기 유턴을 했을까? 실제로 그런 거라면 너무 귀엽잖아! 해는 쨍쨍하지만 춥고 추운 눈밭에서 눈사람을 만들었다. 내 키만 하게.

사랑하고 싶은 사람을 생각하면서, 아니 어쩌면 돌아가면 하고 싶은 일들을 생각하면서 만들었는지 이렇게 크게 만들 생각은 아니었는데 눈덩이가 아주 커졌다. 후- . 큰 눈사람을 만들고 나니 배가 고파져 묵고 있던 유스호스텔로 돌아가는 길에 슈퍼마켓에 들러 오이피클

한 통과 오렌지 주스를 샀다. 어제 사 둔 레토르트 파스타를 데워 오이피클을 안주 삼아 맥주 한 잔 해야겠다. 그런데 너구리 딱 한 젓가락만 먹으면 소원이 없겠다.

몬트리올과 퀘벡은 캐나다에서 유일하게 불어를 사용하고 있다. 지난번 자동차로 퀘벡 여행 왔을 때 갑자기 이정표가 불어로 바뀌는 바람에 당황한 적이 있었다. 영어로 질문해도 불어로 대답한다. 셀린 디온이 퀘벡 출신이라는 것도 여행을 하면서 알게 되었다. 다음엔 프랑스로 떠나 볼까?

정말 두 번 다시 배낭여행은 하지 않을 것이다. 눈을 뭉치면서 생각했다. 버스 시간에 맞춰 쫓기듯 떠나고 도착하는 일에서 별다른 감흥을 느낄 수 없었다. 내일 새벽에 버스를 타야 했기 때문에 일찍 잠자리에 들어야 했다.

버스 타기 전에 공원에 잠시 들러 눈사람이 잘 있는지 확인하고 싶은데 그럴 시간은 없을 것 같다. 잘 있겠지—. 지나가던 누군가가 눈사람 머리에 모자를 씌워 주었을지도 모르겠다. 어쩌면 더 멋진 코를 만들어 꽂아 주었을지도 모르지. 눈사람은 잘 있을 것이다. 보는 사람마다 기뻐했을 것이다. 그거면 됐다.

ARRÊT
Les BOYS

나는 언제나 잘 있었을 것이다. 내 웃음은 많은 사람들에게 행복을 전했을 것이다. 그거면 됐다.

쫓기듯 떠나고 도착하는 일에서 감흥을 느낄 수 없다고 괜히 센 척 말해 보았지만 어쩌면 떠나고 도착하기를 반복하는 것이야말로 진실된 삶의 모습이라 생각하고 있는지도 모르겠다. 언젠가 눈사람은 녹을 테고 누군가 다시 만들 것이다. 영원히 녹지 않는 눈사람을 상상하며 내일 새벽 버스를 기대하는 밤은 깊어만 갔다.

#23
혼잣말

당신은 오늘 무엇을 먹었습니까?

아침에 일어나자마자 무엇을 했습니까?

감정을 다스릴 기운조차 없을 때 당신은 무슨 생각을 합니까?

만나고 싶은 사람을 만날 수 없을 때 당신은 무슨 행동을 합니까?

음악을 듣다가 가슴이 뜨거워지려고 할 때 당신은 눈물을 흘립니까?

할 수 있다, 할 수 있다 다짐하면서도 자신감이 사라져 버리면

당신은 무엇을 하겠습니까?

사랑을 할 때 당신의 모습은 어떻습니까?

하와이에 가 본 적 있습니까?

캐나다의 추위가 어느 정도인 줄 아십니까?

퀘벡시티를 두 번째 방문했을 때의 반가움을 아십니까?

당신은 지금 어디로 가고 있습니까? 무엇을 하고 싶습니까?

생에 단 한 번만이라도 꼭 만나고 싶은 사람이 있습니까?

꼭 한번 가 보고 싶은 곳이 있습니까?

흐르는 강물 앞에 앉아 혼잣말을 해보았다.

나에게도 사랑이 올까? 오긴 오는 걸까?

바다야, 너는 어쩜 그리도 반짝반짝하느냐?

#24

걷고, 또 걷고, 그냥 걷고

불안할 때는 하염없이 걸었다. 어디로 가야 맞는지도 모르고 무조건 걸었다.

가능하면 돌아가고 싶지 않았다. 불법체류라도 할까? 빚을 내서라도 등록금을 마련해 학교를 갈까? 소심한 발버둥도 쳐 보았지만 그럴 만한 용기도 없다. 나란 사람은.

짧은 시간 자면서 얼마나 뒤척였는지 모른다. '그래도 잠은 자야지' 하고 스스로를 달래며 뒤척이기를 반복하다 다시 음악을 듣는다.

지금까지 모든 것이 그랬다. 어느 것 하나 긴 잠을 푹 자듯 깨고 나면 개운해지는 것이 없었다. 지금보다 얼마나 더 가슴 아프고 힘들어해야 강하고 담대한 사람이 되겠느냐고 스스로에게 물어보지만 상처보다는 행복을 느낄 때야 뒤척이지 않는 거겠지.

너무 큰 행복보다는 소소한 행복이 너와 나, 우리가 행복하면 된다. 바람에 머리칼이 날리는 것만 보아도 우리는 행복할 수 있을 것이다. 이런 생각을 하면서 걸었다. 나에겐 행복이 무엇인지 생각하면서.

걸어가 보자. 천천히. 더 이상은 뒤척이지 않도록. 그 뒤척임조차 느끼지 못하도록. 무엇을 먹을까? 무엇을 입을까? 사람들의 어수선한 이야기에 휩쓸리지 않고 무엇을 해야 나에게 좋을 수 있을까? 다시 말하자면, 어찌하면 내가 행복할 수 있을까? 이기적일 수 있지만 이제는 좀 이기적으로 행동해도 되겠다 싶다.

#25
동글동글 베이글

이름도 기억나지 않는 곳. 동글동글 베이글을 대충 그려 넣은 그 베이글 가게가 너무 예뻐서 그때부터 나는 베이글을 좋아하게 되었다. 나에게 베이글이라는 빵을 알려준 캐나다. 베이글을 먹을 때면 늘 캐나다 오타와가 떠오른다.

이런 것이 숙명일 거다. 어떤 한 가지를 깨닫거나 알기 위해 머나먼 길을 걸어가는 것. 베이글의 맛과 매력을 만나기 위해 캐나다로 갔으며, 또 배낭여행 중에 오타와에 들러 우연히 이 베이글 가게를 발견한 것. 이 베이글 때문에라도 나는 캐나다에 왔어야만 했다는 결론.

나는 당신을 만나기 위해 지름길로 가고 있지 않아요. 동글동글한 베이글을 따라 동그랗게 돌아서 서두르지 않고 천천히 걸어가 당신을 만날 거예요. 당신 때문에라도 나는 지금 이곳에 서 있다는 결론.

#26
굴뚝의 한숨

하늘로 긴 한숨을 쉬는 굴뚝이 부러웠다. 거리의 불빛이 다 사라진 한밤중인데 굴뚝의 한숨은 너무나도 멋지게 하늘로 뻗고 있었다. 쭉— 쭉— 내뱉는다. 너, 굴뚝은.

다시 서울로 돌아가면 이리 치이고 저리 치이며 아등바등 살겠지. 취직도 해야 하고. 아직 하고 싶은 거 시작도 못 했는데……. 그냥 돌아가지 말까? 이런저런 고민에 고개를 숙이고 땅이 꺼져라 한숨을 쉬고 있었다. 아직도 몬트리올 시내 한구석은 그날의 내 한숨으로 푹 꺼져 있을지도 모르겠다. 그래, 하늘에 대고 한숨 쉬는 너는 나보다 낫다. 적어도 파랗고 넓고 구름도 동행하는 하늘을 한 번이라도 더 봤을 테니까. 동그란 달과도, 반짝반짝 별들과도 눈인사를 나누었을 테니까.

문제

어쩌면 문제라는 건 없는지도 모른다.

그게 큰 문제일 거라고 생각하는 것이

문제일지도.

#27
지도를 보는 법

캐나다의 혹독한 추위와 맞서며 사진을 찍겠다고 뷰파인더로 세상을 보기도 했고, 눈으로 풍경을 그리기도 했습니다. 2박 3일 동안 내내 버스에서 머물러야 했기에 종아리는 퉁퉁 부었고, PEI에서 떠나올 때는 남몰래 눈물을 감춰야 했고, 다시 꼭 오고야 말리라 다짐도 했고, 중간에 들르는 휴게소를 강원도로 가는 고속도로 휴게소로 착각해 우동을 먹을 생각에 들뜬 적도 있었습니다.

엄마가 보고 싶기도 했고, 토론토가 그립기도 했고, 따뜻한 방바닥에서 베개 끼고 귤 까먹던 추억이 생각나기도 했고, 돈이 다 떨어져 가는 것도, 화장실 물을 받아먹는 것도, 식사 횟수를 줄여 가는 것도 저는 괜찮았습니다.

배낭여행을 한다고 했을 때, 그리고 여행을 마치고 돌아왔을 때 많은 사람들이 부럽다고 했습니다. 여유가 있다고, 돈이 많다고. 하지만 사람들은 모릅니다. 해보지 않은 사람은 모릅니다. 여행은 삶의 여유와 돈이 있다고 가능한 것은 결코 아닌데 말이죠. 제가 얼마나 힘들게 여행을 했는지, 얼마나 여행을 접고 안주하는 삶으로 돌아가고 싶

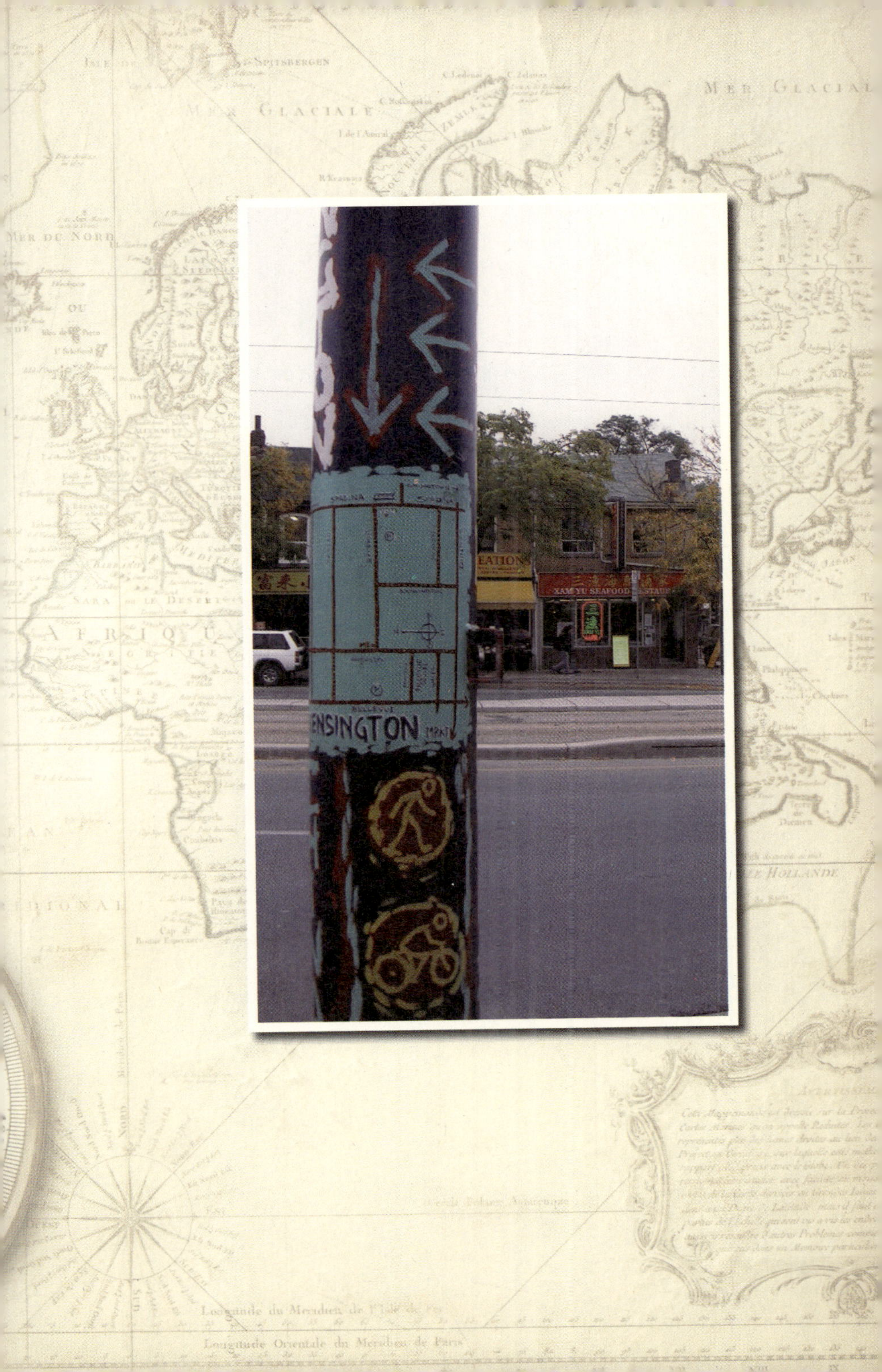
ENSINGTON
MRKT
XAM YU SEAFOOD

었는지 사람들은 모를 겁니다.

한 달간의 배낭여행 속에서 배운 것이 있는데 그것은 바로 지도를 보는 법이었습니다. 지도를 처음 만나게 되면 제일 먼저 내가 있는 곳이 어디인지를 알아야 합니다. 가장 확실한 방법은 사람들에게 물어보는 겁니다. 내가 바로 지금 서 있는 곳에 빨간 색연필로 동그라미를 칩니다. 그곳 사람들을, 그 풍경들을, 그 나무들을, 그곳의 냄새를 눈으로, 숨 차는 가슴으로 그립니다. 그리고 난 후 지도를 봅니다. 내가 걸어온 길을 다시 눈으로 걷는 거죠. 좀 더 나은 길을 찾기도 합니다. 지도는 그 방법을 알려주고 있습니다.

바로 우리가 지도를 그리는 사람입니다. 지금 당신이 서 있는 곳에 빨간 색연필로 동그라미를 치세요. 그리고 새 길을 만드세요. 'street' 이름도 지어 보고, 'road' 이름도. 당신이 알아보기 쉽게, 또 다른 사람이 봐도 잘 알아볼 수 있게요. 공원을 그리고 걷다가 중간에 뜬금없는 바다가 짠! 하고 나와도 괜찮아요. 정말 괜찮습니다.

원하는 곳으로 가는 겁니다. 숨이 차게 너무 빨리 가다가도 멈춰 서서 지도를 보고 그 길이 아니면 다시 되돌아가면 되는 거예요.

저도 지도를 그렸습니다. 그 지도를 따라 원하는 목적지로 걷고 있습니다. 지난번 길을 잘못 들어선 적이 있었는데 지도를 보니 좀 더 나은 길이 보이기도 했습니다.

저 앞 공원에 텐트를 치고 한동안 머무를 수도 있겠네요. 공원에서 아주 즐거운 일이 벌어질 것 같아요. 그걸 그냥 두고 지나칠 순 없으니까요.

당신은 지금 어디에 서 있습니까?

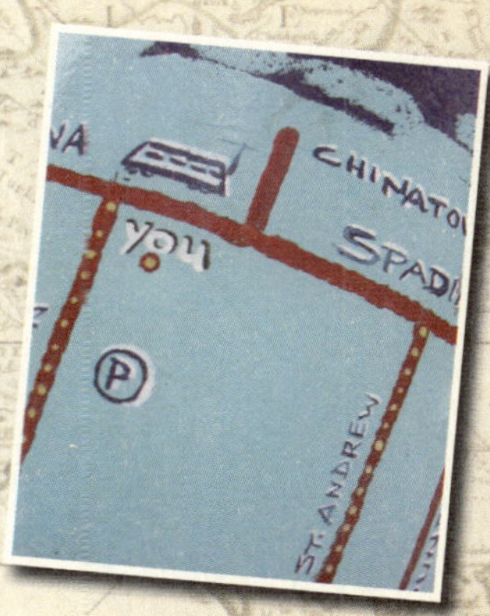

PART 3

via Seoul 경유

▷▶▷ SEOUL, KOREA

#28
자전거와 한강

고등학교를 졸업하고 나서부터 혼자 살다가 오빠와 함께 한남동에 살았다. 3층 건물에 2층, 작지만 방이 세 개나 있는 집이었다. 캐나다로 가기 전에 준비하고 있었던 승무원 시험 준비를 계속했다. 그것이 엄마가 기뻐할 일이라면 못 할 것도 없지 싶었다. 오전엔 이태원 카페에서 아르바이트를 하고, 오후엔 영어 공부를 하고 운동도 하고 면접 준비를 했다.

자유롭던 캐나다에서의 날들을 떠올리면 서울은 너무나 나를 힘들게 했다. 길거리의 모든 사람들이 나를 한심하게 보는 것 같았다. 지금 네 나이에 친구들은 다 직장에 다니는데 너는 뭐하고 있느냐 다그치는 것만 같았다.

드디어 일주일 전 주문한 자전거가 도착했다. 자전거를 타고 한남대교를 중간까지 가다 보면 한강으로 내려갈 수가 있다. 자전거로 한강을 달리면서 이따금씩 하늘을 올려다보는데 눈물이 났다. 바보같이. 자전거 더하기 한강은, 바람과 눈물이다. 나에겐 그렇다. 눈이 왜 벌게졌냐는 질문에 자전거 타다가 찬바람 때문에 눈이 시려 눈물이 났다고 변명하면 그만이다.

이제는 우울하다고 떼쓸 나이도 지났고, 외롭다며 누군가 내 이야기를 들어 주길 바라지 않을 정도의 철은 들었다. 그리고 나름대로 열심히 살고 있어야 좋은 일이 자꾸만 찾아올 거라는 확신도 든다. 강물은 말없이 흐르지만, 하늘의 구름은 말없이 흐르지만 늘 깨달음을 준다. 내가 태어나 살아가는 이유가 반드시 있을 것이다. 과연 엄마를 위해 승무원이 된다면 나는 행복할까? 내 인생인데 그렇게 흘러가도 되는 걸까? 고개를 절레절레 흔들면서도 마땅한 생각이 나질 않았다. 앞으로 어떻게 살아야 하는가에 대한 끝없는 질문을 오늘도 해본다.

#29
사람을 잘못 봤네요

— 제가 사람을 잘못 봤네요.

그래도 그렇지. 이런 말을 나에게 직접 할 필요는 없었다고 생각한다. 나는 그 사람에게 나를 이렇게 봐 주십사 한 적이 없었으니까. 무엇 때문에 나에게 실망했는지는 모르겠지만 내 행동이 마음에 들지 않아서였겠지. 하지만 제멋대로 내 행동을 생각하고 또 기대했기에 생겨난 결과일 것이다. 내가 기분이 나쁜 건 그 사람이 내 행동을 맘대로 기대했기 때문이 아니다. "제가 사람을 잘못 봤네요"라는 말을 굳이 나에게 직접 전했기 때문이다.

나도 누군가에 대해 '내가 사람을 잘못 봤구나' 하고 생각한 적이 있었다. 그래도 머릿속 그 말을 입 밖에 꺼내지는 않았다. 내가 그런 말

을 했다면 그 사람은 그날 밤 잠을 이루지 못했을지도 모른다. 어느 한 사람에게 자신이 큰 실망감을 안겨 주었다는 사실은 밤잠을 설치기에 충분한 이유가 될 테니까.

어쩌면 우리 모두는 자기 생각만 옳다며 상대방을 잘못 바라보고 있는 게 아닐까? 내 생각만 중요하다고 여기고 서로 오해하며 살아가고 있는 건 아닐까?

서로 굳이 하지 않아도 되는 말이 있다.

당신과 나, 둘 다 상처 받을 말.

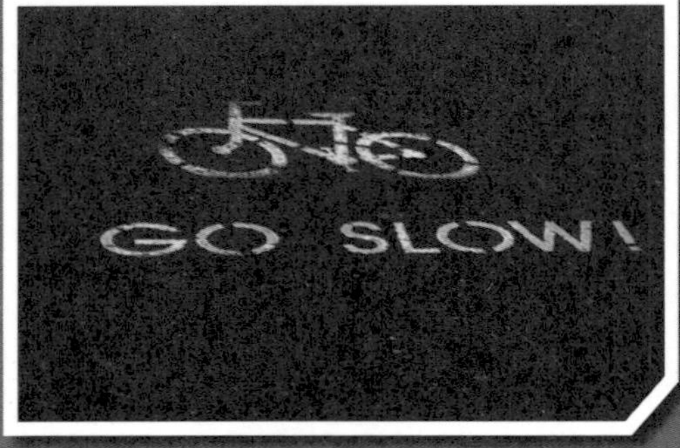

좀 쉬어도 괜찮잖아

한 번도 쉬지 않고 자전거 페달을 밟고 있는
나 자신을 깨달았을 때
시린 바람이 불었다.

무엇이 그리도 불안하고 급하다고
앞만 보고 가느냐고.

#30

그다음엔 어디로 가?

무작정 캐나다를 다녀오고 난 후 주위 사람들이 나에게 하나같이 물었다.

— 이다음엔 어디로 갈 거야?

— 어느 나라로 갈 거야?

그럴 때마다 "왜? 또 가야 돼?"라는 대답보다는 "글쎄—. 일본에 가고 싶긴 해" 하고 말해 버렸다. 이 사람들, 내가 또 어디로 가서 생활하게 될지를 궁금해하고 있었다.

— 난 네가 토론토에서 장 볼 때의 사진 올린 걸 보면 그게 그렇게 재밌더라.

— 프리마켓에서 득템하는 것도 부럽고. 맨날 너의 사진 보는 재미로 살았어.

그리고 그들은 기대하고 있었다. 비가 내리는 캐나다의 하늘은 무슨 색인지, 캐나다 사람들은 무엇을 먹고 사는지 궁금해하면서. 나만 그랬던 게 아니라는 확신이 들면서 어쩌면 나는 중요한 역할을 하고 있을지도 모른다고 생각했다.

나를 둘러싼 사람들의 기대가 모여들어 내 마음은 둥둥 떠다녔다. 어느새 나는 또 새로운 생활을 원하고 있었다. 토론토에서의 일 년은 너무 짧았다. 토론토에서 여행자의 기분으로 살았으니 다음엔 새로운 곳에서 제대로 학교도 가고 그야말로 잘 살아 봐야겠다. 혹시 다시 떠날 수 있게 되면 말이야.

그들은 기대하고 있었다.

비가 내리는 캐나다의 하늘은 무슨 색인지,

캐나다 사람들은 무엇을 먹고 사는지 궁금해하면서.

어쩌면 나는 중요한 역할을 하고 있을지도 모른다고 생각했다.

#31
한남동 덕분에

두 자매가 오픈한 한남동 언덕의 작은 브런치 카페를 우연히 알게 되었다. 한남동으로 이사한 후 슬렁슬렁 이태원으로 산책을 나가던 길에 맛있는 빵 냄새가 나서 힐끔힐끔 들여다본 카페다. 들어가 커피 한 잔 마시고 싶은 마음이 강렬했지만 단 한 번도 들어가 보지는 않고 있었다. 그렇게 며칠이 지나 또 그 앞을 지나게 되었는데, 유리벽에 파트타이머를 구한다는 종이가 붙어 있었다. 행여 누가 볼까 주위를 살피며 전화번호를 적고 집으로 걸어가면서 전화를 했다. 누군가 나의 뒷모습을 보고 취직도 못 하는 백수라고 손가락질할지도 모르겠다. 마침내 면접을 보고 다음 주 월요일부터 두 언니들과 같이 일하게 되었다.

나는 아침에 카페를 오픈하고 제일 먼저 커피머신을 켠다. 쇼케이스에 불을 켜고 청소를 시작한다. 8시 30분쯤 되면 앞 건물의 광고 회사 사람들이 토스트 한 조각과 아메리카노로 구성된 모닝세트를 사기 위해 온다. 그러고 나면 같은 건물 6층에 있는 드라마 제작사 사람들이 이른 점심을 하러 온다. 아, 근데 이 일 참 재밌네—.

— 언니가 내려 주는 커피 참 맛있어요.

백 퍼센트 인사치레일지라도 행복했다.

— 맛있긴 뭐가 맛있어요. 기계가 내리는 거지.

하지 않고,

— 감사합니다!

대답한다. 키친에서 샌드위치나 브런치를 만드는 큰언니는 11시 정도에 출근하고, 커피나 음료와 함께 홀을 담당하는 작은언니는 일주일에 한 번 아침 일찍 양재동 꽃시장에 들렀다가 오는데, 그런 날은 내가 이 카페의 주인이 된 것 같았다. 그만큼 언니들을 좋아했고 일이 재미있었기에 나의 하루 중 절반을 그곳에서 지내게 되었다.

제과제빵을 배우고 싶어진 것도, 나중에 작은 카페를 차리고 싶어진 것도 이 카페 덕분이다. 한남동으로 이사 오지 않았더라면 당연히 만나지 못했을 거다. 카페에 자주 오시는 광고 회사 국장님과도 친분이 두터워졌다. 카피라이터라는 직업에 관심이 생긴 것도, 내가 카피라이터로서 일을 할 수 있었던 것도 국장님 덕분이다. 직접적으로 빵을 만드는 기술을 가르쳐주진 않았지만 빵 굽는 일이 얼마나 매력적인

지를, 카피라이터가 되려면 어떻게 해야 하는지를 가르쳐주진 않았지만 영원히 기억되는 카피를 쓰는 일이 얼마나 매력적인지를 전해준 사람들, 아니 한남동이었다.

살아가면서 하나하나 생각해 보면 감동적이고 즐거운 일들이 참 많은데, 우리는 그런 것들을 금세 잊어버린다. 그러고는 이내 "사는 거 참 힘드네", "마음대로 안 되네", "즐거운 일 하나도 없네"라고 말해 버린다. 나도 물론.

내가 속해 있는 나라가, 내가 살고 있는 동네가, 내가 지금 앉아 있는 이곳이 내 인생의 가장 중요한 순간을 만들고 있는 것 같다. 오늘 지금 내가 서 있는 이곳에서 행복을 찾아봐야겠다. 이곳이, 여기가 아니면 안 되는 이유를.

#32
지금, 비웃으신 건가요?

무라카미 하루키의 에세이 『꿈에서 만나요』 같은 책을 쓰고 싶다 말하는 나를 앞에 두고 맞은편에 앉아 있던 사람이 웃었다. 그냥 끝까지 웃었으면 괜찮은데 웃은 걸 미안해했다. 나는 이제까지 단 한 번도 누군가 내게 자신의 꿈이나 목표에 관해 이야기했을 때 진지하게 듣지 않은 적이 없었다. 다시 말해 지금 저 사람처럼 웃은 적이 없다. 네가 그걸 한다고? 할 수 있을 것 같아? 그런 웃음…….

캐나다에 간다고 했을 때 친구들은 나를 부러워했고 누군가들은 질투를 했다. 캐나다에서 연필을 깎고 그림을 그리기 시작했을 때도 누군가는 너는 왜 여기 와서 그림을 그리느냐 했다. 그림이 얼마나 힘든 줄 아냐며 아무나 하는 일이 아니라 했다.

글을 쓰는 나를 보며 글 쓰는 사람이 얼마나 배고픈 줄 아느냐고, 책 한 권 내서 제대로 밥 먹기도 힘들다고, 다시 일본으로 가겠다고 했을 때는 이제 나이 먹는데 뭐하러 가느냐며 적당히 일하다 결혼하는 편이 좋을 거라고, 큰 사람이 되고 싶다 말하는 나를 비웃었다. 그런데 그런 사람들이 밉지 않았다. 그냥 언제부턴가 자연스럽게 그들을

이해할 수 있게 되었다. 시간이 흐른다는 것은 절대로 이해할 수 없었던 일들을 이해하게 되는 것은 아닐까?

나 얼마나 힘들지 알고 있어. 세상에 쉬운 일은 없다는 거 다 알아. 돈 많아 유학 가는 거 아니고 비빌 언덕이 떡하니 있어서 이것저것 하는 거 아니야.

글 잘 써서 글 쓰는 거 아니고, 그림 잘 그려서 그림 그리는 것도 아니야. 그냥 하고 싶으니까. 내가 가장 잘할 수 있는 일 같아서. 응, 그런 거 같아서.

혹시 누군가가 터무니없는 꿈을 이야기한다면, 그냥 "응, 좋네"라고 한마디만 해줘. 비웃지 말고. "힘들 텐데, 쉽지 않을 텐데"라며 걱정하지 말고, 그냥 "괜찮네"라는 한마디. 네가 비웃으면 그 사람, 오기로 해낼 거고 "힘내" 한마디 해준다면 더 열심히 할 사람이니까. 큰 꿈을 갖고 있는 것이 중요한 것이 아니라 그 꿈을 위해 노력하고 실천하는 것이 더 중요하다는 것을 그 사람은 알고 있을 테니까. 적어도 나는 알고 있으니까.

나만큼

누구보다, 누구만큼이 아닌
그저 나만큼만 하면 되는 거다.
그러니 스스로 타인과
비교하지 마시라.

#33
이게 끝은 아니겠지?

국내에서 이루어지는 외항사를 포함해 국내 항공사의 면접은 다 봤다. 1차 서류전형은 무조건 통과였고, 2차 면접도 문제없었다. 그래서 늘 자신감은 있었던 것 같다. 나 정도면 합격되고도 남는다는 자만에 빠져 있었던 게 문제였는지도 모른다. 꼭 최종 면접에서 탈락. 그렇게 6개월을 보내고 나니 이젠 안 될 거라는 생각이 들었다. 글을 더 많이 쓰고 싶었다. 그러기 위해서는 더 많은 것을 보고 더 많은 사람들을 만나고 더 많은 커피를 마셔야 할 것 같았다.

어디론가 또 가게 된다면 그곳은 일본이어야 했다. 일본에서 한 번쯤은 살아 봐야 하지 않겠냐는 생각이 늘 있었다. 일본으로 가면 뭐든 될 거라는 막연한 기대는 없다. 대충 생각해서 결정한 것도 아니다. 남들 눈엔 그렇게 보였을지라도. 또다시 엄마를 설득해야 했다. 일본에 가고 싶은 이유를. 꿈이 있으면 그것을 위해 충분한 노력을 해야 하니까 또다시 떠나겠다고.

— 캐나다에 다녀왔으면 충분하잖아.

— 아니, 그렇지 않아. (캐나다가 끝이라고? 아니, 그렇지 않아.)

엄마를 설득하는 데 성공했고, 다시 짐을 쌌다. 또다시 시작이었다.

#34
과감하게 포기하는 용기

출국 2개월 전에 청천벽력 같은 소식이 찾아왔다. ㅇㅇ항공 합격! 다음 주 교육 때 참가하라는 연락이었다. 아니, 이 사람들 장난하는 건가? 그렇게 준비했을 때는 뽑아 줄 생각도 안 하더니만. 두 달 후면 출국인데 합격이라니.

잠시 시간을 두고 나서 재차 확인을 해봐도 합격이었다. 전혀 기쁘지가 않았다. 오히려 화가 나서 참을 수가 없었다. 갈등은 그렇게 시작됐다. 승무원이 되어 세계 여러 곳을 다니며 (물론 글을 더 잘 쓸 수도 있을 거고!) 좋은 사람들도 많이 만나게 될 것이다. 당연히 행복한 생활일 것이다. 하지만 유학생으로 살게 될 일본 생활은 접할 수 없을 것이다. 돈을 받으면서 여러 나라를 다니는 것, 없는 돈까지 끌어 모아 외국에서 사는 것. 어떤 결정을 해야 옳은 걸까?

그러던 중 머릿속에 강하게 남아 있는 '후회'라는 말. 내 인생의 모토는 '큰 후회를 하지 말자'이다. 모든 일에는 후회가 있기 마련인데, 어차피 할 후회라면 작은 후회는 해도 큰 후회는 하지 말자였다. 그래서 결심했다. 3~4년 뒤의 내가 지난날을 돌아보며 '일본에서 조금 더 열심히 할걸' 하고 후회해도 '아, 그때 항공사 가지 말고 일본에 갔어야 했는데'라는 후회는 하지 말자! 분명 후회할 것이다. 일본에 가지 않으면. 가서 부딪치고 느끼고 살아 보지 않으면 후회할 것이다. 땅을 치며 후회할 것이다.

아무에게도 합격 소식을 말하지 않기로 했다. "승무원이 되지 않은 덕에 내가 지금 이렇게 잘된 거야!"라고 말할 수 있게 되기 전까지, 살아온 날들을 돌아보며 깊은 한숨을 쉬지 않을 수 있을 때까지 아름다운 비밀로 간직하기로 했다. 후회가 두려워서 기회를 포기했고, 그 포기 때문이라도 나는 더 열심히 하지 않으면 안 되었다.

#35
시작

디자인을 공부할까? 빵을 만들까? 그림을 공부할까? 문학을 공부할까? 무엇을 공부할지는 아직 정하지 않은 채 4월 6일 출국 날만 기다리고 있었다. 무엇이 되었든 언제나 글을 쓸 수 있는 상황으로 나의 삶을 끌고 가고 싶었다. 그래서인지 크게 걱정하지는 않았다. 새로운 곳에서 생활하면서 글을 쓸 수만 있다면! 스스로 행복해지고 싶었다. 누구에 의해서가 아닌 나 때문에 내가 행복해지고 싶었다. 나를 낳아 준 엄마도, 가장 가까운 친구인 오빠도 나의 인생을 대신 살아 주진 않을 테니. 그건 나라도 싫을 것이다.

사람들은 나에게 말한다.

— 너는 참 신기해. 하고 싶은 것을 다 하고 살잖아.

— 난 겁나서 비행기도 못 타겠던데 어떻게 그렇게 잘 다녀?

— 넌 좋겠다. 집에 돈이 많아서.

앞뒤 생각하지 않고 무작정 떠나는 것은 아니다. 사람들에게는 그렇게 보였을지라도 정작 나는 수십 번 수백 번 고민하고 생각하고 내리는 결정이다. 쉽지 않다. 세상에 쉬운 일이란 없다. 집에 돈이 많은 것도 아니다. 어쩌면 가난에서 벗어나기 위해 아예 새로운 곳에서 시작하고 싶은 걸지도 모른다고 생각했다. 아빠가 일찍 돌아가시고 엄마 혼자 오빠와 나를 대학까지 졸업시켜 주었다. 엄마의 소원은 오빠와 내가 적당한 회사에 취직해 성실히 돈 모아서 결혼하는 것이었다고 한다. 엄마는 그랬다. 그저 얌전히 엄마 옆에 있다가 결혼하길 바랐다. 엄마의 이런 생각과 행동은 가난에서 비롯된 것이라 생각했고, 엄마는 살아 있는 현실이며 나는 그 현실에서 떠나고 싶었다. 되도록 빨리.

캐나다를 다녀왔기 때문일까? 또다시 감행한 새로운 시작은 그리 어렵지 않았다. 마음먹기에 달렸다. 긴 여행이나 새로운 곳에서의 생활을 시작할 때 필요한 것은 돈이 아니다. 용기? 그것도 아니다. 온전한 나 하나면 된다. 그곳에서 다시 살아날 온전한 나 자신. 그렇게 나는 가슴속 꿈 많은 소녀, 나를 안고 다시 떠나기로 했다.

PART 4

in - flight 비행
▷▶▷ TOKYO, JAPAN

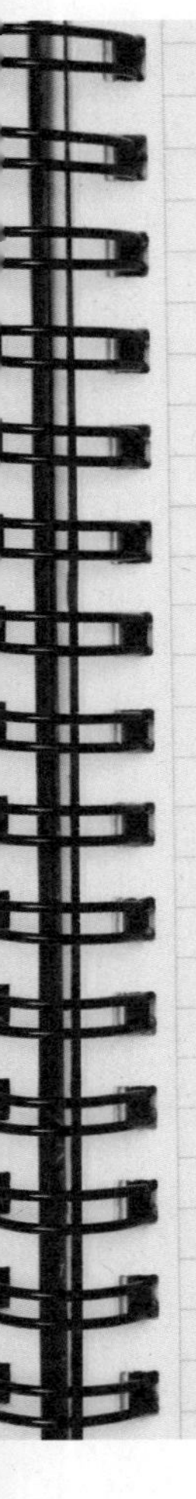

#36
당연한 삶

J : 난 이제 크레파스를 사서 그림을 그릴 거야.

나 : 언니, 난 색연필로 그려. 크레용도 좋지만 색연필도 느낌 괜찮아.

J : 강력한 게 좋아서 크레파스 사려고.

나 : 난 어제 캔버스를 주문했어.

J : 오오~ 좋았어! 나도 그림 잘 그리게 되고 너도 글을 더 잘 쓰게 되면 조인트 전시하자.

나 : 응, 좋아. 창작의 욕구는 누구에게나 있는 거니까 우리는 참 당연한 삶을 살고 있는 거야, 언니.

J : 응. 참 좋다, 그 말. 당연한 삶.

나는 참으로 당연한 삶을 살고 있는 것이라 생각한 밤이 있었다. 글을 쓰고 사진을 찍고 더 값은 커피를 마시고 싶어 하고 공부하겠다며 또 떠나온 내가 당연하다는 생각. 주어진 생활에 맞춰 사는 것이 아니라 자신의 생활을 만들어 가는 것이 우리를 조금은 덜 불행하게 해줄 것이다.

어쩌면 창작하지 않고 새로운 시도를 하지 않는 사람들이 더 특별하고 멋진 삶을 살고 있는 것은 아닐까 생각해 보았다. 왜냐하면 어디에든 정답은 없으니까.

#37
빨래의 도시

— *와! 진짜 귀엽다!*

전철을 타고 차창 밖으로 보이는 풍경. 집집마다 빨래를 널어놓은 모습이 너무 귀여워서 그 빨래들을 다 훔치고 싶었다. '일본 사람들은 빨래를 자주 하는구나' 하고 판단하자니 너무 바보 같았다. 빨래 잘 안 하는 사람들이 어디 있겠어. 그런데 정말 신기하게 빨래를 잘 널어놓는 것 같다. 내가 지금 살고 있는 집은 복층 아파트인데 집 구조상 세탁기를 놓을 장소가 없다. 2층 사람들은 어떻게 살고 있나 궁금해 올라가 보니 현관문 옆에, 그러니까 바깥에 세탁기가 하나씩 놓여 있었다.

누가 세탁기에 쓰레기라도 버리고 가면 어쩌나 싶어 세탁기를 사지 않고 늘 코인란도리('코인 세탁소'의 일본 발음)에서 빨래를 했다. 이게 훨씬 나은 것 같다. 350엔이면 빨대하고 건조까지 할 수 있으니까. JAL항공사에서 받은 쌀포대 같은 가방에 빨래를 담고 그것을 자전거 앞 바구니에 싣고는 일주일에 한두 번 코인란도리에 갔다. 일본 영화 〈란도리〉에서 코인 세탁소가 얼마나 매력적인지를 보았기에 나름

코인 세탁소를 향한 로망도 있는 터였다. 이 세탁 기계 두 개만 있으면 부자 되겠다! 나도 작은 동네에서 코인란도리 사장님이 되면 어떨까? "지친 마음도 세탁해 드립니다" 이렇게 써 붙여 놓고.

세탁이 다 될 동안 그 안에 비치된 의자에 앉아 책을 읽거나 편의점에서 아이스크림을 하나 사서 하릴없이 먹거나 했다. 버석버석 마른 빨랫감을 잘 개켜 쌀포대 가방에 넣어 가지고 집으로 돌아오는 길은 너무 상쾌했다. 그러면서 생각한다. 오늘 저녁엔 뭘 먹지? 내일엔 뭘 입지? 때 묻은 마음을 씻어낸 후 비로소 생각한다.

'이다음엔 어디로 가야 하지? 무얼 해야 하지?'

상쾌한 빨래의 도시 도쿄에서의 하루는 이렇게 흘러간다.

오늘의 이 힘든 마음은 조금 전 코인란도리에서 싹— 빨고 건조까지 싹— 하고 돌아왔어요.

GAS DRYER

#38
나는 신문배달원

일본으로 온 지 2개월 만에 나만의 작은 작업실을 갖게 되었다. 작업실이라 함은 내가 하고 싶은 일들을 자유롭게 할 수 있는 곳. 그림을 그릴 수도 있고 라면을 끓여 먹기도 하고 잠을 자거나 세수를 하기도 한다. 집주인이 신문배달업을 하는데 작업실을 얻는 대신, 다시 말해 월세를 내지 않아도 좋다는 조건으로 나는 신문배달을 하게 되었다. 주위에서 하나같이 모두가 반대한 결정이었다.

— 나중에 네 딸이 일본 유학 가서 신문배달 하겠다고 하면, 그래 엄마도 해 봤으니 열심히 해라, 할 거야?

— 새벽잠 못 자고 어떻게 공부하며 지낼 수 있겠니?

— 공부하러 왔지, 돈 벌러 왔냐?

그래도 밀고 나간 고집이었다. 할아버지 닮아서 고집이 엄청나다.

새벽 2시 30분까지 배급소로 나가야 했다. 2시 45분쯤 신문이 오면 할당받은 부수를 내 자리로 가져와 흔히 '찌라시'라 불리는 광고지를 끼워 넣는다. 비가 오지 않는 보통날에는 3시면 배달을 시작한다. 비라도 내리면 비닐을 씌워야 하니 시간이 더 오래 걸린다.

자전거 앞 바구니와 뒷자리에 신문을 차곡차곡 정리해서 담고 남은 신문은 그날의 당번인 사람들이 배달 중간 부분에 오토바이로 가져다준다. 좋은 시스템이었다. 이렇게 해주지 않으면 다시 배급소에 들러 신문을 싣고 또 나가야 하니까.

상당한 무게를 견디지 못하고 자전거는 자꾸만 넘어진다. 갑자기 비가 오는 새벽, 신문은 젖고 있는데 자전거마저 넘어져 버려 신문을 다 버리기도 한다. 바닥으로 우르르 쏟아져 흩어지는 신문을 바라보는 내 마음은 울음을 참느라 울렁거린다. 그래도 울지 않는다. 이런 식으로, 이런 상황에서 울고 싶지 않다. 할아버지 닮아서 자존심이 엄청나다.

조간으로 258부를 돌리고 석간으로는 189부를 돌린다. 조간 배달이 끝나면 새벽 5시 20분. 집으로 돌아와 씻고 아침을 먹고 학교로 간다. 수업을 마치면 집으로 돌아와 옷을 갈아입고 석간 배달을 위해 또 배급소로 간다. 나의 모든 일과가 끝나는 시간은 오후 5시. 저녁을 해 먹고 가끔은 친구와 커피도 마시고 학교 숙제를 하고 시험공부를 한다. 그리고 밤 10시면 잠자리에 든다. 나의 몸과 마음은 그렇게 단련되고 있었다.

신문을 삼단으로 접어 우편함에 넣을 때 쏙 들어가는 소리가 참 좋다. 해보지 않은 사람은 모를 테지. 물론 나도 몰랐으니까. 신문배달을 한다고 했을 때, 반드시 해봐야만 힘든 걸 알게 되는 건 아니라고 그가 말했다. 사실 나는 힘들지 않았다. 다만 새벽에 너무 졸리고, 신문은 무겁고, 비가 내리는 날에는 우비가 조금 더우며, 아직 길을 잘 모를 뿐. 조금 더 익숙해지게 되면 새벽하늘만 보아도 비가 올지, 오지 않을지 알아낼 수 있을 것만 같다.

스물다섯 살에 신문배달이 어떤 것인지를, 배달하는 그들이 새벽을 깨워 움직이고 있다는 사실을 새삼 알아가고 있다. 이 일을 언제까지 할지는 모르겠지만 확실한 사실은 신문배달을 그만두게 되면 작업실에서 나가야 한다는 거다. 아직까지는 너무 아쉽다. 작업실에 모두를 초대해서 사과를 갈라 먹거나 카레우동을 만들어 나누어 먹고 싶다. 그리고 언젠가 내 가슴이 또다시 울렁거려 참을 수 없을 때는 누군가를 앞에 두고 펑펑 울지도 모르겠다. 자전거가 오늘도 넘어졌다고, 갑자기 또 비가 와서 신문이 다 젖었다며 울렁거리는 가슴으로 안쓰러운 모습이 되어 버릴지도 모르겠다. 힘들어서가 아니라, 신문배달을 해야 하는 내 모습이 쑥스러워서가 아니라 같이 카레우동을 먹어주니 참 고맙다고.

난 이렇게 살아 있습니다! 모자란 시간을 살아가고 있지만 이제는 더 이상 하루가 너무 짧다고 야속해하지 않기로 합니다.

#39
힘내요!

학교 수업이 좀 늦게 끝나 배급소에 가니 모두 배달을 나간 후였다. 서둘러 석간신문을 자전거에 싣고 길을 나섰다. 석간은 조간보다 부수가 반 이상 적고 신문 자체도 얇기 때문에 한 시간이면 끝난다. 이것도 숙련된 배달 실력이라 할 수 있다. 하하하!

조간을 배달할 때는 이른 새벽이라 야스이상의 얼굴은 볼 수 없지만 석간은 다르다. 야스이상은 작은 자전거포를 운영하시는데, 석간을 배달할 시간 즈음이면 늘 자전거포 안에서 의자에 앉아 쉬고 계신다. 오늘도 어김없이 앉아 계셨다. "늦어서 죄송해요!" 하고 신문을 건네는데, 잠깐만 기다리라고 하시더니 집으로 들어가신다. 잠시 후 신문 속 광고지에 둘둘 싸여 있는 캔 음료 하나와 딸기 맛 사탕 한 봉지를 들고 나오신다. 이걸 전해 주려고 기다렸단다. 젊은 아가씨가 드물게 신문배달을 한다며 대견하다고. 사탕 봉지 위에는 하얀 쪽지가 붙어 있었다.

신소현상, 늘 건강하게 힘내요!

'힘내'라는 말보다 내 이름을 불러 준 게 너무 감사했다. '신상'도 아니고 '신소현상'이라 해주었다. 내 이름 한자도 틀리지 않고 정확히 그대로 써 주셨다. '현鉉'은 특히 일본에선 잘 쓰지 않는 한자인데도.

배달을 마치고 배급소로 돌아오는데 하염없이 눈물이 흘렀다. '올 때가 됐는데……' 하고 몇 번이고 문 밖을 내다보며 나를 기다렸을 야스이상을 떠올렸다. 야스이상, 감사합니다. 더 힘내서 신문배달 잘할게요! 야스이상도 건강하세요!

이렇게 나를 생각해 주는 사람들이 있다. 나는 행복한 사람이다.

#40

까칠한 무라카미상

나의 신문배달 구역은 아파트 6곳과 주택이 거의 50군데 정도. 처음 배정을 받고 길을 익히고 선배에게 어느 집 먼저 배달을 시작해야 빠른지 루트를 전달받았다. 그러고는 그 순서대로 배달을 시작하게 되었다. 하지만 적응이 되니 나만의 배달 루트가 생기기 마련이다. 새로운 루트로 배달을 시작한 지 일주일쯤 지났을까. 배급소로 전화가 한 통 왔다. 루트를 바꾸기 전에 맨 첫 번째 배달 집이었던 무라카미상. 요즘 신문이 평소보다 15분 정도 늦게 온다고 했단다. 예전처럼 빨리 갖다 달라고 했단다. 아, 어떻게 알았지? 선배님이 말씀하셨다.

— 보통 사람들, 이른 새벽이라 모를 것 같지만 신문 오기를 기다리고 있어. 신문이 우편함에 들어가는 소리에 마치 시계 알람을 들은 듯 잠에서 깨지. 그리고 그 무라카미상은 좀 까칠해. 내일부턴 그 집 먼저 넣도록 해.

아, 그런 거였구나. 무라카미상도 내가 신문 넣는 소리를 기다리고 있었던 거였다.

다음날, 맨 처음 루트대로 무라카미상의 집에 먼저 신문을 넣었다. 무라카미상의 집 담벼락에 신문을 가득 실은 자전거를 살짝 기대어

놓은 다음, 신문 다섯 부를 들고 하나는 무라카미상, 나머지는 그 옆집, 반대편 집에 넣고 있는데 무라카미상의 현관문이 열리는 소리가 들렸다. 아, 어쩌지? 늦게 줬다고 뭐라고 하면 어쩌지? 어제 무라카미상이 까칠하다는 말을 들어서인지 더 걱정이 됐다.

무라카미상은 아무 말 없이 신문을 챙겨 들어갔다가 다시 나오더니 신문 자전거 앞에 섰다. 내가 자전거 쪽으로 가까이 다가갔을 때쯤 무라카미상은 멋쩍은 듯 눈인사를 건네고 집으로 들어갔다. 자전거 앞 바구니 안에 무언가가 들어 있었다. 사과 한 개, 배 두 개가 담긴 검정 비닐봉지. 아, 정말 이 사람들이 왜 이래? 왜 이렇게 감동을 주는 거지?

무라카미상은 그후에도 정기적으로 자전거 바구니에다 깜짝 선물을 넣어 주었다. 어느 날은 대파와 양배추도 있었다. 그리고 신문배달 마지막 날에는 그동안 일찍 신문을 갖다 주느라 수고 많았다며 하얀 봉투에 5천 엔(6만 원 정도)을 넣어서 주었다. 편지겠거니 하고 나중에 열어 봤는데 진작 알았다면 받지 않았을 거다.

생각해 보았다. 내가 이곳 일본으로 오기 위해 야스이상이나 무라카미상이 이곳에 살고 있지는 않았을까? 이 모든 것이 계획되어 있었을 거다. 신문배달이 힘들다며 금방 포기했다면 이 좋은 사람들 만날 수

없었겠지. 이런 마음 받을 수 없었겠지. 이렇게 이 나라도 나에게 기회를 주겠지. 내가 꿈을 꿀 수 있는 땅이 되어 주겠지. 기꺼이 사과 하나를 건네주는 그 마음이 너무나 다뜻해서 나도 누군가에게 따뜻한 사람이 되고 싶다고 생각했다.

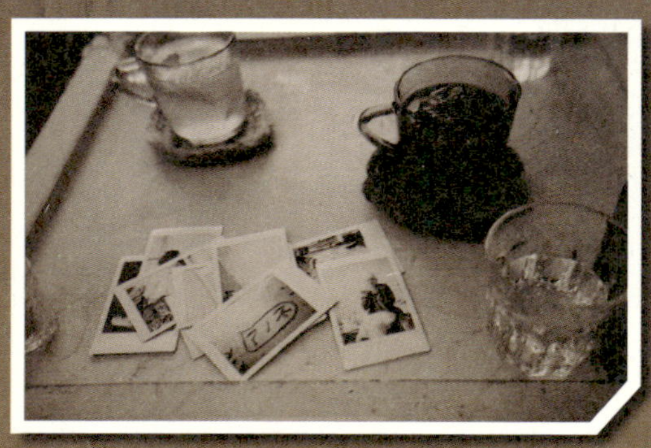

기회의 날들

나의 모든 선택이
따뜻한 추억으로 남기를.

거짓을 말하지 않는 청춘은
수많은 기회의 날들이다.

#41
근심과 걱정을 등에 업고 있는 자

오늘은 아르바이트 쉬는 날. 셋째 주 월요일은 조간신문이 없다. 본의 아니게 잠깐 졸게 된 수업을 마치고 자전거를 타고 집으로 돌아오는 길이었다. 맞은편에서 걸어오고 있는 중학생을 보니 느닷없이 울컥했다. 사실 자전거를 타고 오며 많은 생각을 했던 까닭일 것이다. 이제는 모든 것을 스스로 책임져야 하고 판단해야 하는 지금의 내 모습이 뭐랄까 조금은 안타깝다는 생각을 하고 있었다.

유학 생활이 기름기 좔좔 흐르는 윤택한 삶이 아니라는 것을 몰랐던 건 아니다. 그렇지만 이렇게 생각지도 못했던 일들이 있을 거라고는 짐작하지 못했다. 아니 어쩌면 내 의지가 부족한 탓일 거라 생각해 본다. 공과금도 너무 비싸고 학비도 생활비도 너무 많이 나간다. 그런데도 어제 원피스를 하나 샀다. 나도 별수 없는 여자긴 한가 보다.

맞은편에서 걸어오는 키 큰 중학생. 새까만 교복을 입고 오른쪽 어깨에 가방을 걸친 채 열심히 과자를 먹으며 걸어오고 있었다. 물론 저 애에게도 걱정과 근심이 있겠지. 중간고사, 기말고사 성적 올리려면 힘들겠지. 친구들하고도 사이좋게 지내야 하고, 여러 가지 고민도 많

겠지. 하지만 큰 걱정과 근심을 등에 업고 있는 사람은 과자를 먹을 때 저렇게 경쾌한 소리가 나진 않을 거다. 와그작와그작 감자칩을 너무나 열심히 먹으며 걸어오는 모습이 저 어딘가에 있는 조용한 섬에서 바다 산책을 하고 매일 들어도 좋을 음악을 들으며 사랑하는 사람들과 바베큐 파티를 하는 사람의 모습보다 행복해 보였다.

집에 들어와 빨래방 2백 엔이라도 아끼자며 욕조에 물을 받아 손빨래를 하고 카메라를 꺼내 TV를 찍었다. 그 사진을 올려서 유학생 모임 커뮤니티에 팔기로 했다. 신문 배급소 소장님이 사 주신 내 보물이지만 당장의 삶을 위해 팔기로 했다. 뭐 그다지 필요하지 않다고 스스로에게 주문을 걸면서.

어쩐지 우울하고 가슴 아픈 글일 수도 있지만 어쩌면 상당히 즐거운 글이 될 수도 있는 거다. “핸드폰 요금 못 내서 이제 곧 끊길 거야”라고 끝낸다면 가슴 아픈 글이 될 것이고, “지금부터 너구리 팔팔 끓여 먹어야겠다. 그것도 얼큰한 맛 두 개로”라고 끝을 낸다면 모두들 미소를 짓겠지.

#42
엄마의 하얀 커튼

어렸을 적 사진들을 보면 겨울에는 항상 엄마가 짜 준 스웨터나 모자, 장갑을 끼고 있다. 내 기억으로 어렸을 때 겨울의 엄마는 늘 뜨개질을 하고 있었다. 할아버지의 조끼도 스웨터도 다 엄마가 직접 만들었고, 언젠가는 오빠의 스웨터에 판다를 넣었는데 그때 그런 엄마를 보고 나는 엄마가 천재가 아닐까 생각하기도 했다.

뜨개질은 단순히 실을 엮는 것이 아니라 그 순간의 공기와 추억까지도 같이 엮어 나가는 것. 화가 났을 때 짠 부분은 늘 하던 페이스가 아니니 어쩐지 빽빽하게 짜였을 것이다. 아빠 없이 오빠와 나, 그리고 할아버지를 모시고 사는 고됨을 말로 표현하지 않고 엄마는 묵묵히 뜨개질을 했는지도 모른다. 그렇게 짠 스웨터나 목도리들을 보며 지난날의 힘듦을 이겨냈다는 안도감을 맛보았는지도 모르고.

한국의 내 방에는 엄마가 만들어 준 하얀 커튼이 걸려 있다. 하얀 실로 꽃문양을 만들어 넣은 하얀 커튼. 이제는 눈이 침침해져서 더 이상 뜨개질은 못 하겠다며 마지막으로 만든 것이 커튼이었다. 그리고 얼마 있지 않아 나는 그 방을 떠나 바다를 건너 오랜 시간을 보내고 있다.

하얀 커튼을 볼 때마다 가슴이 얼얼해지는 것은 내 작은 방에 아직도 걸려 있는 엄마의 하얀 커튼 탓일 거다. 털실로 짠 스웨터를 입을 때마다 매번 엄마 생각이 나는 것은 내 작은 방에 아직도 걸려 있는 엄마의 하얀 커튼 탓일 거다.

#43
다음 곡

드라마 〈연애시대〉의 사운드트랙을 참 좋아한다. 그중 제일 좋아하는 곡은 '보내지 못한 마음'이란 곡의 피아노 버전이다. 생각을 정리해야 할 때, 이유 없이 기분이 좋지 않을 때, 잠이 오지 않을 때, 또 이별했을 때 듣곤 한다. 말하자면 정말 자주 듣는 곡이라 할 수 있겠다. 이 곡을 듣고 싶을 때면 나는 곧바로 이 곡을 틀지 않는다. 그 앞에 나오는 곡인 '사랑이 사랑에게 말하다'를 먼저 튼다. 언제든 듣고 싶은 곡을 골라 바로 들을 수 있는 시대에 살고 있지만, 내가 좋아하는 곡이 나의 간단한 조작으로 바로 들리는 것보다는 자연스럽게 흘러나오는 것이 더 좋다. 이 곡만 들으면 내가 좋아하는 곡이 나온다는 기대와 희망도 함께.

이렇게 좋은 것은 천천히 왔으면 좋겠다. 한순간에 짠— 나타났다 사라지지 않고, 천천히. 이 시간이 지나고 나면 내가 좋아하는 시간이 찾아올 거라는 기대감을 즐기는 거다.

이 곡만 들으면 내가 좋아하는 곡이 나온다는
기대와 희망도 함께.

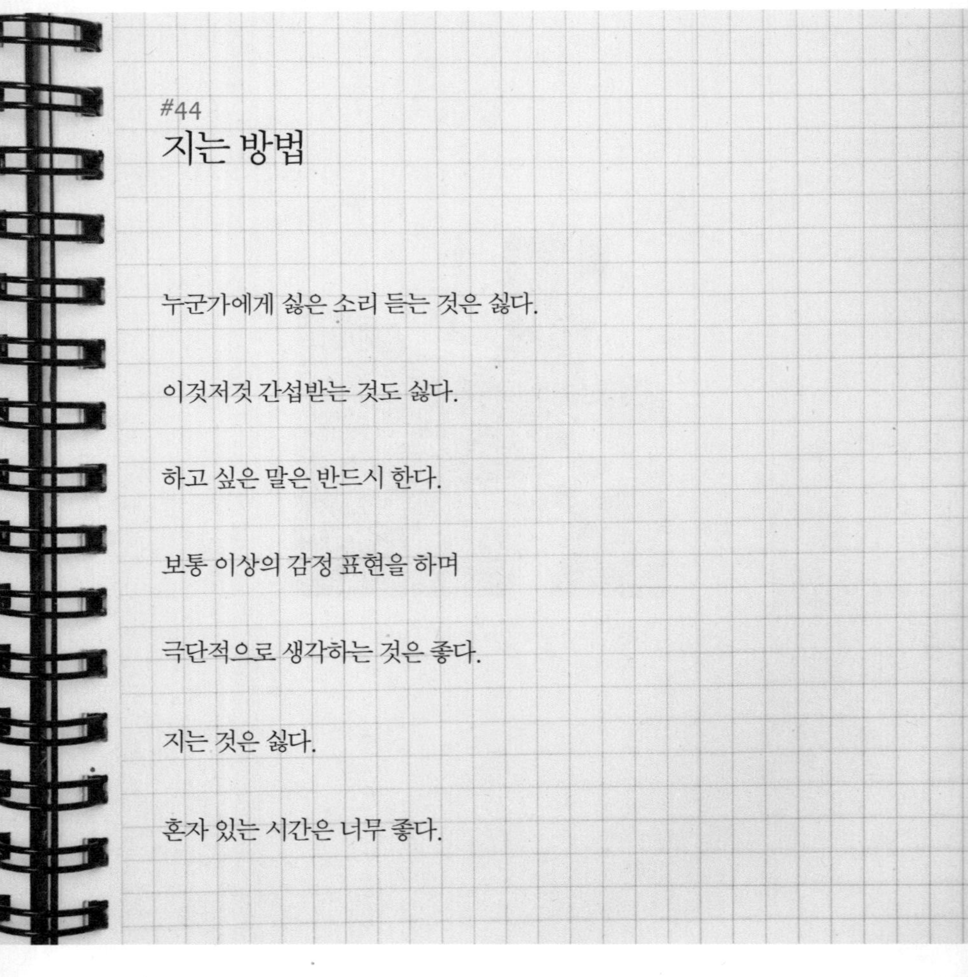

#44

지는 방법

누군가에게 싫은 소리 듣는 것은 싫다.

이것저것 간섭받는 것도 싫다.

하고 싶은 말은 반드시 한다.

보통 이상의 감정 표현을 하며

극단적으로 생각하는 것은 좋다.

지는 것은 싫다.

혼자 있는 시간은 너무 좋다.

하지만 가을바람이 부는 날, 신주쿠 사잔테라스Southern Terrace를 걸으며 반짝반짝 립글로스를 바른 입술에 붙어 버린 머리카락을 떼어내며 생각했다. 조금씩 세상에 지는 방법을 익히지 않으면 지금부터 인생은 더 힘들어질 거라고. 의자가 하나인 테이블 앞에 앉기보다는 누군가와 마주 앉아 눈을 바라보는 시간도 꽤 중요하고 필요할 거라고.

세상에 지는 방법, 현실에 지는 방법을 익히려면 나에게 쓴소리도 마다하지 않는 사람들과 자주 만나야 한다는 것을 새삼 깨닫는다.

#45
가족

매일 오후 3시 40분경 같은 장소에서 만나게 되는 사람이 있다. 수업을 마친 손자와 마중 나오신 할머니. 할머니의 시선은 약간 위를 바라보는 듯했다. 조금은 안쓰러워 보이는 것은 기분 탓이겠지. 언제부터인지는 정확히 알 수 없으나 나는 그들을 기억하게 되었다. 집으로 걸어가며 손자는 할머니에게 그날 학교에서 있었던 일들을 쏟아 놓고 있었다. 어느 날은 할머니에게 떼를 쓰며 조르거나 또 어느 날은 아무 말도 없이 조용히 길을 걸어갈 뿐이었다.

며칠 전 손자가 목을 놓아 울고 있었다. 할머니는 저 앞에 먼저 걸어가시고 손자는 그 자리에 그대로 서서 울었다. 울고 있는 손자를 달래고 싶지만 그럴 힘이 없는 할머니의 뒷모습이었다. 하지만 다음날에는 언제 그랬냐는 듯 서로 손을 잡고 옥수수를 먹으며 걸어가고 있었다. 그 모습에 어제의 안쓰러운 순간을 지우며 집에 돌아오는 길에 슈퍼마켓에 들러 괜히 옥수수 한 봉지를 사면서 생각하게 되었다.

이런 것이 가족이구나. 때로는 손바닥을 쫙 펴 등짝을 내리치며 혼쭐을 내주는 이도, 하루의 일들을 두서없이 쏟아내도 웃으며 들어 주는

이도, 등짝을 때릴 땐 언제고 아무렇지 않게 웃으며 마주 앉아 옥수수를 먹을 수 있는 이도 가족이라는 사실.

어떤 이는 어쩔 수 없이 가족들을 떠나 있고, 어떤 이는 별것도 아닌 자존심에 가족을 버리고, 또 어떤 이는 가족에게 버려졌다 말하고, 어떤 이는 가족은 필요 없다 말한다. 어쩔 수 없음과 자존심, 버려지고 버림에 있어서 우리는 무엇이 그렇게도 소중하다며 살아가고 있는 걸까? 정말 중요한 것은 외면한 채, 진정한 사랑도 무시한 채 스스로 쓸쓸해지고 있으면서.

할머니와 손자가 옥수수를 먹으며 손잡고 걸어가는 뒷모습 덕분에 나도 옥수수를 사 들고 왔지만, 차가운 나무 방바닥에 발은 시렸고 같이 옥수수를 먹을 가족은 곁에 없다. 속상한 마음에 한참을 바라보다 옥수수를 그냥 버렸다. 언젠가 바다 건너 희망을 나누는 우리가 만날 그날에 반드시 옥수수를 제일 먼저 같이 먹겠다고 생각해 본다. 그것도 제일 맛있는 찰옥수수로.

#46
잘 가요!

일 년 만에 만난 엄마와 오빠가 돌아가던 일요일 아침. 전철 표를 두 장 끊어 오빠와 엄마에게 하나씩 쥐어 주고 지금까지는 보이지 않았던 최고로 환한 웃음을 지어 보였다. 고개를 삐쭉삐쭉 내밀어 전차를 기다리는 엄마와 오빠를 찾아내 손을 흔들며 웃었다. 엄마와 오빠를 태운 전차가 눈앞에서 사라질 때까지 한참을 바라보다 집에 들어왔는데 식탁 위, 잘 구워진 식빵 위에 치즈가 사르르 녹은,

오빠가 한 입 먹다 화장실 가겠다며 일어선 흔적에

나는 울어 버렸다.

#47
벚꽃

광고 회사 다카하시 부장님과의 대화.

— 일본 사람들은 어째서 벚꽃을 그렇게 좋아해요? 봄이 되면 꽃놀이를 하는 것도 그렇고, 특별한 무언가가 있는 것 같아요.

— 모든 일본인이 다 그렇다 말할 수는 없지만, 대부분 어떻게 하면 열심히 살 수 있을까보다 어떻게 하면 아름답게 죽을 수 있을까를 생각해요.

— 네?

— 남겨진 사람들에게 보일 자신의 모습을 생각하면서 최대한 아름답게 죽고 싶어 하지요.

— 하지만 결국 같은 거 아닐까요? 자신의 삶에 충실하고 아름답게 살면 죽을 때도 당연히 아름답지 않을까요?

— 단지 그 모습을 말하는 거예요. 겉모습. 쓸쓸하죠…….

— 저는 결국 다 같은 거라고 생각해요. 그리고 죽을 때 조금 덜 아름다우면 또 어때요?

— 그래서라고나 할까. 일본인들이 벚꽃을 좋아하는 이유가 괜히 있는 게 아닙니다. 잠시 만개했다가 아름답게 후두 떨어지는 그 순간, 그렇게 죽고 싶어 해요.

죽을 때 아름답게 죽고 싶다는 생각은 해본 적이 없었다. 다카하시 부장님과 이런 대화를 하기 전까지는. 만개했던 벚꽃이 간밤의 비로 다 떨어져 버린 아침을 맞이하기 전까지는.

#48
사실, 나 알고 있었어

생각해 보면 나는 내가 지금 이런 모습으로 살고 있을 거라고 굳게 믿고 있었던 것 같다. 고등학교 그 짧은 쉬는 시간에 오렌지 드링크와 곰보빵을 먹기 위해 권지혜와 필사적으로 매점으로 달렸던 그때도. 스물다섯이 되었어도 신기란과 빨리 끓기를 기다리며 설레던 즉석 떡볶이 앞에서의 그때도. 아이들에게 영어를 가르쳤을 때 공부 못해도 된다며 용기를 불어넣어 주던 그때도. 급식비로 만화책 빌려 보던 그때도. 지금 이 반에는 자격 미달인데 학급 임원이 된 사람이 있다며, 공부 못하는 주제에 반장 됐다며 선생님께 무시당했던 그때도. 아빠도 없다고 친구들이 놀아 주지 않았던 그때도.

나는 알고 있었던 것 같다. 내가 정말 좋아하는 것을 위해 살아가는 날이 반드시 올 거라는 것을.

하루에 3백 엔씩, 한 달에 9천 엔으로 버텨야 하는 지금도, 외국인이라 은근히 무시당하면서도 꿋꿋하게 슬픈 노래를 부르는 지금도 알고 있다. 아니 믿고 있다. 내가 정말 원하는 것을 이루는 날이 올 것이라는 것을. 그 꿈 뒤에 찾아올 또 다른 꿈이 반드시 있다는 사실도. 그

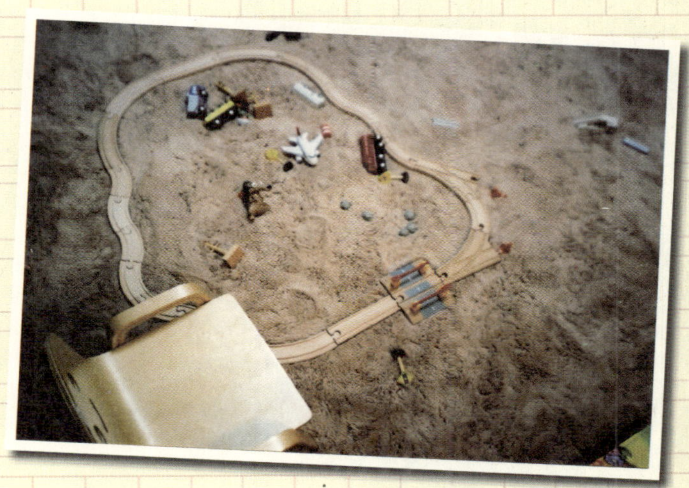

래서 힘든 지금을 아름답게 견디기로 했다.

살짝만 건드리면 팔딱팔딱하는 등 푸른 고등어처럼 시퍼렇게 살아 있는 나의 꿈, 하늘 저 끝 마지막 별의 바로 옆에서 빛나고 있다.

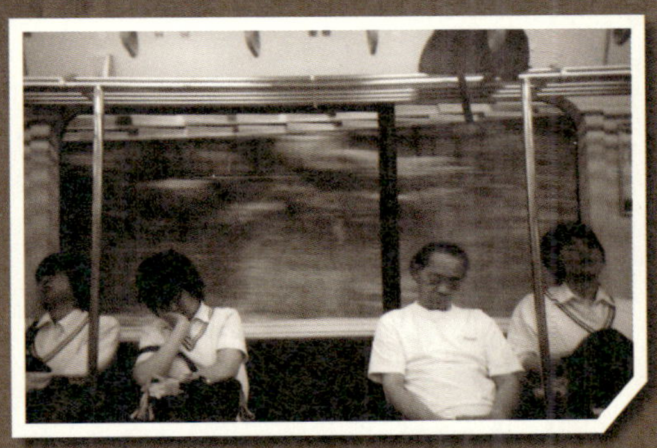

영원한 꿈

어쩌면 영원히 꿈에 속을지도 몰라.

내가 꾸고 있는 나의 미래에 말이야.

#49
애물단지 앞머리

앞머리가 짧으면

자전거를 타고 달릴 때 바람이 불어 엉망이 됩니다.

그러고는 생각합니다. 이제는 길러야지.

하지만 언젠가는 또 이렇게 생각합니다.

매일 자전거 타고 다닐 것도 아닌데 좀 짧으면 어때?

헤어지고 상처 될 것 뻔한데 뭐하러 만나느냐 생각합니다.

하지만 이제는 헤어지지 않을 사람을 만나야겠다고 생각합니다.

언젠가는 잊힐 테고, 혹은 영원히 잊히지 않을 테고

평생 미움이 가득할지도 모르지만

지금 할 수 있는 최상의 방법을 선택합니다.

앞머리는 자라고 상처는 아물고 사랑은 또 찾아오니까요.

그래서인지 지나간 사랑에게 안부 인사를 적으려던

그 공책에는 아무것도 적지 못했습니다.

#50
사라지다

컴퓨터의 하드가 모조리 날아가 버렸다. 그동안 써 온 글들과 사진들이 다 사라졌다. 백업도 해놓지 않았다. 그동안 작업한 모든 것이 한 순간에 사라지다니! 다리에 힘이 풀렸다. 음악도 사진도 글도 전부 없어졌다. 좀 더 좋은 글을 쓰라고, 좀 더 신중하게 쓰라는 이유에서 스스로 깨끗하게 정리된 걸지도 모르겠다.

지난 8월, 서울에서 오빠가 방문해 주었다. 오빠와 함께 보낸 요코하마에서의 필름은 내겐 소중했다. 하지만 사진관 아저씨의 실수로 사진이 엉망이 되었다. 글은 다시 쓸 수 있겠지만 지난번 그 글은 될 수 없고, 사진을 똑같이 찍을 수 있겠지만 그때의 그 감동이 아닐 것이다. 요코하마는 또 갈 수 있지만 오빠는 더 이상 여기에 있지 않고, 지난번 그 뜨겁던 태양도 지금은 보이지 않는다.

사랑은 또 할 수 있겠지만

지나간 그 아름다웠던 사랑과 같지 않구나.

지난번의 네가 아니구나.

소중하다고 끌어안고 있던 모든 것들이

소중하지도 않게 되어 버렸구나.

소중한 것은 그렇게 소중하지도 않게 한순간에 사라져 버렸다. 다시 소중하다고, 이것이 제일 소중하다고 끌어안을 것이 채워지겠지만 언젠가는 또 그렇게 소중하지도 않게 사라져 버릴 것이다.

#51
싫어요

머리카락을 짧게 해보고 싶어 미장원에 갔다. 머리카락을 자르는 아오키상에게 물었다.

— 한국 가 본 적 있어요?

— 아뇨. 한번 가 보고 싶어요.

'가고 싶어요'가 아니라 '가 보고 싶다'고 했다. 그래서 나는 계속 생각을 하게 되었다. 머리카락을 다 자르고 샴푸를 하고 드라이를 하는 동안에도.

저 당신을 만나고 싶어요. 저 당신을 만나 보고 싶어요.

제 꿈을 이루고 싶어요. 제 꿈을 이루어 보고 싶어요.

한국에 가고 싶어요. 한국에 가 보고 싶어요.

예쁜 구두 신고 싶어요. 예쁜 구두 신어 보고 싶어요.

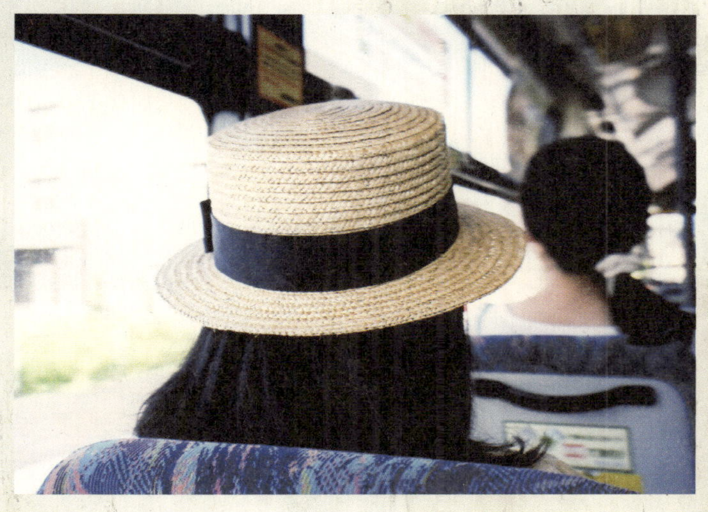

이렇게 무얼 해보고 싶다는 말이 간절함으로 다가온다.

단지 가고 싶은 것이 아니라 가서 보고 싶은 것.

예쁜 구두를 단지 신고 싶은 것이 아니라

예쁜 구두를 신은 나를 보고 싶은 것.

나 그 사람을 다시 한 번 만나 보고 싶다.

보고 싶다. 후회를 하게 되더라도.

#52
꿈에서 아빠를 만났다

지난 밤 오빠와의 통화를 끊고 너무 화가 나서 참을 수 없었다. 오빠에게 용돈을 달라 한 것도 아니고, 잘 있느냐는 말에 생활비가 너무 많이 나가서 다음 달에 룸셰어 할까 생각 중이라고 말했다. 그러면 돈이 좀 덜 나가니까 일단 좀 얹혀살까 생각 중이라 말하는 나에게 오빠는 짜증을 냈다.

— 너 그냥 들어오면 안 돼?

다 안다. 너무 잘 지낸다는 말을 들어도 걱정이 될 텐데 힘들다는 말을 들으니 오빠는 걱정이 앞섰던 거다. 큰 도움을 주지 못하는 것이 미안하기도 했을 거다. 하지만 말은, 그렇게 지낼 거라면 차라리 귀국하라는 말이 나왔을 거다. 다 아는데 그 말이 너무 서운하고 서운해서 전화를 끊으며 다시는 오빠를 보지 않겠다는 다짐을 했다. 펑펑 울다가 화를 참을 수 없어 결국 자고 있을 엄마에게 전화를 걸었다. 자다가 봉창 두드리는 나를 달래 주는 엄마에게도 미안했고, 굳이 다시는 오빠를 보지 않겠다고 다짐한 내 자신도 싫었다. 한참을 울다가 샤워를 하고 전기장판을 틀고 잠자리에 들었다. 자면서도 몸이 녹아내려 방바닥에 쩍쩍 달라붙는 느낌이 들었고, 일어나 보니 학교 갈 시간이 저만치 흘러가 있었다.

꿈에 아빠를 보았다. 아무 말도 하지 않고 그저 나를 바라만 보고 있었다. 울고 있는 나를 보며 미소를 짓고 있었다. 아무런 말도 하지 않았지만 아빠는 나에게 미안하다고 말하고 싶었던 것은 아닐까? 너무 빨리 곁을 떠나게 되어 미안하다고. 꿈을 지키는 모습을 보여주지 못해 미안하다고. 열심히 살고 있는 우리 딸, 아빠가 옆에서 돌봐주지 못해 미안하다고. 나는 미안하다는 말이 듣고 싶었는지도 모른다.

학교 동생 기백이에게 전화가 왔다. 학교에 왜 오지 않았냐며 아프냐고 안부를 물었다. 마침 우리 동네를 지나고 있다며 밥을 먹자고 한다. 퉁퉁 부은 눈을 안경으로 가리고 자전거를 타고 나갔다. 꽁치구이와 우동을 먹고 자전거 바퀴에 바람을 넣고 슈퍼마켓으로 갔다. 이삿짐 박스에 붙일 테이프를 하나 담고 기백이에게 빵도 사 주고 카레도 사 주었다. 먹고 싶은 걸 바구니에 담으라고 했는데 기백이는 빵과 카레밖에 담지 않았다. 담고 싶은 건 많은데 퉁퉁 부은 눈으로 나온 나에게 미안해하는 마음이 느껴진다. 나보다 더 힘들게 공부하는 동생이었다. 이렇게 쓰고 있는데 또 눈물이 날 것 같다.

쌀쌀한 가을바람이 나를 울게 한다. 쌀쌀할 때는 누구도 나에게 아무 말도 하지 않았으면 좋겠다. 쌀쌀하고 쓸쓸하고, 그리고 다 미워지려고 하니까. 그런데 오빠는 어젯밤 왜 그런 말을 했던 걸까? 카메라도 사 주고 맥북도 사 준 착한 오빤데 왜 그런 말을 했던 걸까? 힘듦도 이겨내고 더 힘내라는 뜻이었다고 생각하기로 했다. 꿈속의 아빠도 그런 마음을 담아 나에게 웃어 주었을 것이다. 당분간은 미운 오빠 생각하면서 이 악물고 꿋꿋하게 더 힘내야지!

#53
지금

'지금'이라는 순간은 너무 빨라서 지금의 '지'를 말했을 때도 벌써 지나가 버린다. 정말로 중요한 것은 내가 지금 서 있는 자리를 잘 지키는 일. 과거도 미래도 중요하지 않다. 지금 이 순간 가장 현명한 선택을 하는 것. 그 선택이 나중에 화를 일으키거나 후회로 가득 차거나 잘못된 선택이 될지언정 지금 이 순간 가장 현명한 선택을 해야 하는 것이다. 자꾸만 돌아보면 자꾸만 돌아보게 되며 자꾸만 돌아가고 싶어진다.

그래서 그런가. 오늘 노지리 선생님은 지난주 일요일에 있었던 유학생 대상의 일본어 스피치 콘테스트에서 있었던 사건에 대해 전화로 열변을 토하셨다. 너무나 어처구니없는 결과였다며. 사실 나도 그 일본어 스피치 콘테스트에 참가했었다. 선생님은 원고도 다 외우지 못했을 뿐더러 일본어 발음도 좋지 않은 사람이 형편없는 내용으로 어떻게 1등을 할 수 있느냐고 말도 안 된다고 하셨다.

솔직히 말하면, 난 내가 1등 할 줄 알았다. (대체 이런 자신감은 어디서 나오는 걸까?) 문장력, 일본어 실력, 발음……. 모든 것이 완벽하다고 생각했다. 하지만 나는 순위에도 들지 못했다. 그래서 노지리 선생님이 화가 난 게 전혀 이상하지 않았다.

이미 끝난 콘테스트 결과에 대해 전화를 걸어 큰 소리를 내 주신 선생님께 너무 감사했다. 그리고 그 마음을 충분히 이해했다. 지금 말하지 않으면 안 됐을 거다. 내가 지금 이런 불만을 가지고 있고 이렇게 생각하고 있다는 것을 말하지 않으면 안 됐을 거다. 지금이 지나고 나면 아무것도 아닌 일이 되니까.

나도 지금이 아니면 안 되었다. 지금 당장 이곳에 있지 않으면 우울한 20대를 살고 있었을 거다. 응, 그랬을 거다. 당신도 그랬을 거다. 지금이 아니면 안 됐을 거다. 지금 그 자리에 당신이 서 있는 이유. 지금 그 자리에서 화를 내거나 웃거나 슬퍼하는 이유. 지금이 지나고 나면 아무것도 아닌 일이 되어 버리니까.

After hour

오늘도 우리는
각자 큰 결심 하나를 했을 것이다.
담배를 끊겠다거나
누군가를 잊겠다거나
사직서를 쓰겠다거나
혹은 행복해지기로 했다거나
하는 결심 말이다.

어떤 하나의 결심 뒤에는 많은 버림이 있었을 것이다.
오늘 아침 뒤에 지난밤이 있었던 것처럼.

#54
보통의 능력

친구와 사이제리아(저렴한 일본 패밀리 레스토랑)에서 저녁을 먹었다. 맛은 그저 그렇다. 무언가 허전하지만 계속 먹게 되는 맛이다. 친구의 말에 의하면, 사이제리아의 슬로건은 '너무 맛있지도, 맛없지도 않게 만드는 것'이라고 한다. 너무 맛있으면 질리고, 맛이 없으면 장사가 안 되니까.

〈거북이는 의외로 빨리 헤엄친다〉라는 일본 영화 속의 라멘 가게 주인이 생각났다. 맛없지도, 너무 맛있지도 않게 라멘을 만드는데, 그 이유는 눈에 띄지 않도록, 덧붙이자면 스파이라는 사실이 모두에게 들통 나면 안 되니까 그냥 그런 보통을 유지한다.

우리 사는 것도 말이야, 너무 잘 살려고 하지 말고, 그렇다고 너무 못 살지도 않는 그냥 그런 보통으로 살면 어떨까? 하지만 보통이라는 것은 어려운 일이겠지. 모두들 보통으로 살기 위해 아등바등하는 것일 수도 있고. 잘 살기 위해서가 아니라 그저 보통으로 살기 위해서 말이야. 그럼 보통으로 사는 능력은 어디에서 배울 수 있는 걸까?

카레를 만들 때, "너무 맛있지도, 맛없지도 않게 만들어 보세요!" 한다면 그 누가 자신 있게 만들 수 있을까? 나는 이런 생각으로 이번 달 생활비를 계산하며 오늘 밤을 보낸다.

#55

4번의 이사

내가 태어나고부터 우리 집은 이사를 단 한 번도 간 적이 없다. 같은 자리에서 집을 개조하거나 다시 지었다. 그래서일까? 이사 간다는 친구들이 참 부러웠다. 새 집으로 가는 것이 부러운 게 아니라 이사 가는 기분을 느낄 수 있다는 것이 부러웠다. 나는 그때까지도 경험하지 못한 기분이었으니까. 박스에 짐을 담을 때는 어떤 기분인지, 짐을 정리하다가 지난 추억들을 발견했을 때의 기분은 어떤지 말이다.

도쿄에서 생활하면서 이렇게 이사를 많이 하게 될 줄은 몰랐다. 그만큼 안정된 생활을 하고 있지 못하다는 뜻인 걸까? 이민가방 두 개로 입국해서 이제는 큰 이사 트럭을 부르지 않으면 안 될 정도가 되었다. 이사를 할 때마다 짐을 정말 잘 싼다며 칭찬을 들었다. 『아따맘마』에 이런 말이 나온다.

칭찬 한마디, 사람을 4, 5년 속박한다.

우스갯소리지만 맞는 말 같다. 짐 잘 싼다는 칭찬에 나는 그렇게 짐을 싸고 또 싸는 걸지도 모르겠다. 어찌되든 상관없다. 이사를 해야 할 때는 과감하게 해버리면 된다. 부동산에 가서 집을 구하는 일도 더 이상 큰 문제가 아니었다. 세 번째 이사를 할 때는 쿠미짱의 아버지가 트럭을 직접 끌고 오셔서 이사를 도와주셨고, 네 번째 이사 때는 오노가 도와주겠다고 했지만 혼자 빨리 끝내 버리려고 괜찮다고 했다.

짐을 다 나른 후 어느 정도 정리를 하고 소파에 앉아 쉬고 있는데 오노에게 전화가 왔다. 거의 다 왔다며 역 앞으로 나와 달라고. 역시 의리 있는 내 친구다!

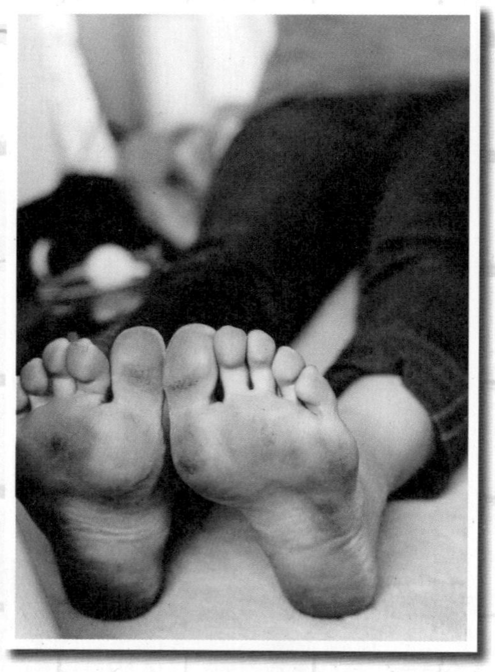

오노가 내 발바닥을 보더니

놀라다가 박장대소를 한다.

발바닥이 시커멓다.

이사하느라 그랬지 뭐－. 그것도 아주 열심히.

이삿짐을 싸면서 버릴 것은 버렸지만, 새 집에서 이삿짐을 정리하는데 그래도 버릴 것이 나온다. 이건 버리지 말아야지, 아니야 역시 버리는 게 좋겠어. 두 가지 마음이 계속 다툰다. 나는 하나인데 나를 위한 물건들이 너무나 많다. 순간의 기쁨으로 사 버린 물건들과 순간의 추억이 되어 버린 물건들. 그 물건들과 공존하는 나의 지나간 날들이 괜스레 가슴을 울렁이게 한다. 물건들에게 의미를 부여하고 지나간 사랑과 이별의 마음을 억지로 담아 두기도 한다.

어쩌면 필요 이상으로 물건들에게 너무 많은 의미를 주었나 보다. 필요 이상으로 나의 흔적을 남기려고 애쓰며 살고 있나 보다.

#56
양치질을 잘 해야지

오빠가 사 준 보물 1호 맥북이 고장 났다. 켜지지도 않고 윙윙 이상한 소리만 난다. 백업도 안 되어 있는데 싹 다 날아간다면 그 많은 사진들은 어쩌나 걱정을 하며 맥북을 껴안고 신주쿠로 갔다. 얼마 전에 새로 산 베네통 플라워 프린트 원피스를 입고.

신주쿠역 앞에서 신호를 기다리고 있는데 누군가 나를 향해 걸어오는 것을 느낄 수 있었다. 아니나 다를까 내 앞에 씩 웃으며 섰다. 이가 다 썩었다. 시커먼 치아를 드러내며 웃는다. 으억, 눈을 어디에 둬야 할지 모르겠어!

명함을 내 쪽으로 내밀며 신호가 바뀔 때까지 잠깐 이야기 좀 해도 되겠느냐 말한다. 됐다고 말하기에는 너무 미안했고, 난 꼭 이 횡단보도를 건너야 했고, 도망갈 곳도 없었기에 들어 주겠노라 했다. 일단 명함을 받아 달란다.

— 혹시 평소에 모델이나 배우 하고 싶다는 생각 안 해보셨나요?

— 저 말입니까?

— 네. (오버하는 손놀림으로) 굉장히 미인이고, 키도 크시고 딱인 것 같아서 그럽니다. 혹시 생각 있으세요? 저희가 키워 드린답니다.

그러고는 눈을 크게 깜박깜박하며 나의 대답을 기다린다. 여전히 시커먼 치아를 내보이면서. 으악! 진짜 무서워, 이 아저씨!

— 음, 특별히 없는데요. 그리고 저 일본 사람 아니에요. 한국 사람이에요.

하지 않아도 될 말을 해버렸다.

— 아, 그래요? 한국 사람이면 더 좋아요.

— 아아, 전 괜찮습니다. 신호 바뀌었네요. 실례하겠습니다.

— 저 그럼 명함이라도 받아 주세요!

썩은 치아가 너무 무서워서 그대로 달렸다. 명함도 안 받고. 무턱대고 따라갔다가 봉변당할 것만 같았다. 그런데 그 많은 사람 중에 왜 나한테 온 걸까 생각하다가 일본 사람들에 비해 키가 큰 편이라서 그랬겠다 싶다. 키 큰 여자가 구두까지 신고 꽃무늬 원피스를 입고 서 있으니 눈에도 잘 보였을 거다.

집으로 돌아와 수리 완료된 맥북을 바라보며 흐뭇해하면서 고구마 샐러드를 먹는데 고등학생 때가 떠올랐다. 한창 이슈였던 길거리 캐스팅에 세 번이나 제의를 받았지만 엄마는 무조건 안 된다 했다. 그런데 오늘 서울도 아니고 일본 도쿄에서도 제의를 받았다는 건 어쩌면 굉장한 일을 예고하는지도 몰라! 아주 잠시 생각했다.

우리가 사는 동안 이렇게 우연히 찾아드는 기회들이 얼마나 많을까? 기회인 줄 모르고 스쳐 가는 일들이 더 많을 테지만.

한 가지 깨달은 건, 나도 그 어떤 이에게 혐오감을 주지 않도록 양치질을 잘 해야겠다는 거다. 다 썩은 치아를 드러내고 활짝 웃으면서 "안녕하세요. 신소현입니다!" 하면 다 도망갈 테니까 말이다. 아, 그래도 역시 명함이라도 받아 올걸 하며 고구마 샐러드를 한 접시 더 먹었다. 꼭 양치질하고 자야지.

#57
마흔여덟

생일 케이크에 나이만큼의 초를 꽂는다. 모두가 한자리에 모여 박수를 치며 노래를 불러 준다. 무표정으로. 식상하기 짝이 없는 생일 축하 자리다. 다들 바쁘고 사실 남의 생일은 안중에도 없는데 모이자고 하는 것도 미안한 일이다. 하지만 그다지 반가운 일은 아닌데도 생일 케이크가 없으면 허전하고 서운하다. 도쿄에서의 첫 직장 대표님의 생신이었다. 케이크를 사고 숫자 4, 그리고 8 모양의 초를 하나씩 샀다. 기다란 초를 48개 꽂을까 생각했지만 센스 없다는 소리 들을까 봐 참았다.

눈을 감고 소원을 빌고 48의 촛불을 후~ 불고 난 후 대표님이 말씀하셨다.

— 마흔여덟이라는 나이가 참 애매한 나이야. 다시 시작하기엔 늦고, 또 딱히 안정된 나이도 아니고. 애들은 다 컸는데 뭐 하나 제대로 해줄 건 없고.

스무 살 때 나는 빨리 서른이 되고 싶었다. 차도 있고 집도 있고 안정된 직장에서 일하고 있을 나를 기대했다기보다 그냥 서른이 된 나 자신을 보고 싶었다. 머리는 얼마큼 긴지, 날씬한지 뚱뚱한지, 어떤 스타일의 옷을 입고 있는지. 그냥 서른의 모습을 하고 있는 내가 궁금했다. 서른인 나는 오늘 어떤 모습을 하고 있느냐 하면, 단발머리를 싹 끌어다 하나로 묶고 목 늘어난 티셔츠에 면 스커트를 입고서 버켄스탁 슬리퍼를 신은 채 카페에 앉아 글을 쓰고 있다. 아직도 공상하

기를 좋아하고 여전히 특이하다는 말을 듣고 있다. 중요한 것은 글을 계속 쓰고 있다는 거다. 마흔여덟의 나를 빨리 만나고 싶진 않다. 조금은 지금을 더 느껴 보고 싶다. 달라진 건 이거 하나다. 빨리 어른이 되고 싶다기보다 지금을 더 즐기고 싶어 하는 마음. 불안한 오늘을 충실히 살아내고 싶은 마음. 스무 살에서 서른은 예쁘지만, 서른에서 마흔여덟은 어쩐지 겁이 난다.

#58

소심한 도망

내 한마디에 다른 사람이 상처 받는 것이 점점 무서워진다. 상처를 주려고 한 말은 절대로 아닌데 나도 모르게 주책맞게 툭 나오는 말에 상대방은 얼굴이 붉어지고 울음을 터트릴지도 모른다.

다른 사람의 한마디에 내가 상처 받는 것이 점점 무서워진다. 사람들의 입에서 생각 없이 나오는 말에 내가 상처 받을까 봐, 그래서 아무도 만나고 싶지 않고 그 누구하고도 말하고 싶지 않아질까 봐. 상처가 깊고 깊어져 다시는 되돌릴 수 없어질까 봐.

나는 보기와는 달리 정이 많고 여리다. 이성이든 동성이든 구분 없이 코드가 잘 맞고 내 사람이다 생각하면 무제한으로 사랑을 한다. 마음을 다 내준다. 하지만 사람들은 남 얘기 하는 것을 정말 좋아한다. 누가 일이 잘 풀리면 축하해 주는 것이 아니라 시기한다. 다른 사람들에게 없는 이야기를 잘도 만들어낸다. 작둔 콘테스트에서 1등 했을 때도, 시험에서 만점을 받았을 때도, 일본에서 당당하게 취업을 했을 때도 사람들은 그랬다. 도쿄 첫 직장의 사모님이 보인 나를 향한 무리한 관심과 말들이 그 회사에서 나를 도망치게 했다.

우리가 너의 인생을 구제해 주었다 말하는 그 사람은 칼과 총을 들지 않았을 뿐이지 나에겐 강도였다. 나는 누구에게도 인생을 구제받지 않았다. 나의 노력으로 모두 해낸 것이다. 그렇게 상처가 쌓이고 쌓여 나는 이내 말없는 사람이 되었다. 누구하고도 말하고 싶지 않았고 아무것도 할 수 없었고 집 앞 횡단보도도 건널 수 없었다. 일본의 남쪽 끝 카고시마로 여행을 가기로 했다. 도망치듯 항공권을 사고 세상이 나에게 무심하게 내뱉은 한마디를 흘려브내려 작은 짐을 쌌다.

카고시마는 일본의 가장 남쪽이다. 지금 있는 도쿄에서 가장 먼 곳. 내가 갈 수 있는 가장 먼 곳. 아무것도 하지 않아도 되는 곳. 아직 한국으로는 돌아가고 싶지 않았다. 카고시마에 가느니 차라리 한국에 다녀오라는 친구의 말에 덜컥 겁이 났다. 유학 생활을 할 때도 단 한 번도 한국에 다녀온 적이 없었다. 그 당시 엄마가 학교에 합격할 때까지는 들어올 생각도 하지 말라고 했기 때문이다. 힘들다고 울면서 며칠만 다녀가겠다고 해도 엄마는 안 된다고 했다. 그렇게 다져진 가슴이다.

서울로 여행 아닌 여행을 간다면 모두 귀국을 권하겠지. 아무것도 이루지 못하고 돌아간다는 것은 어쩐지 부끄러웠다. 큰소리치며 뒤도 돌아보지 않고 떠나온 길이니까. 그래, 역시 나는 쓸데없이 자존심만 센 거다.

카고시마 시내에서 세 시간을 더 남쪽으로 와야 하는 시골. 해가 지면 골목은 어둠이 바닥까지 내려온다. 가로등도 없다. 아무것도 하지 않아도 되니 참 좋았다. 낮잠도 실컷 잘 수 있고 전화를 받지 않아도 되고 그림을 그릴 때 방해되는 것도 없고 콧노래로 흥얼거리다 결국 큰 소리로 노래를 부르게 되어도 좋을 것이다.

낯선 곳에 있으면서 두렵지 않은 척 당당하게 허리를 꼿꼿이 펴고 걷고 있으면 참 좋다. 나는 낯선 곳에 가면 허리를 더 꼿꼿하게 펴는 버릇이 있다. 수줍음이 많고 겁이 많다. 하지만 강해 보이려고 한다. 허리를 꼿꼿하게 편 채 외롭지 않다고, 나는 문제없다고, 힘들지 않다고, 그리고 두렵지 않다고.

#59
내가 지은 내 이름

내 이름은 할아버지가 지어 주셨다. 나의 의지와는 상관없이 누군가에 의해 지어진 이름. 네이미스트 이찬 오빠는 스스로 자신의 이름을 새로 만들어 개명을 했다. 네이미스트는 달라도 역시 달라. 스스로 이름을 만들어 내다니!

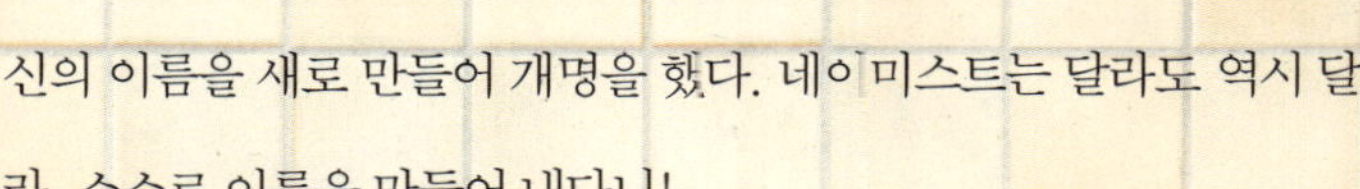

캐나다에서도 일본에서도 나는 이름이 필요했다. 물론 주로 성을 부르는 일본에서는 "저는 신입니다"라고 나를 소개할 수도 있었지만, 그러기는 싫었다. 캐나다에선 나는 내 이름을 'MAY'라고 소개했다. 열아홉 살 때 만난 친구 마유코가 지어 준 일본 이름 사츠키는 음력 5월이라는 뜻이었으니까 5월로 통일하자는 의미로 메이. 그렇다면 일본에서도 메이다!

내 인생의 울타리는 내가 엮어 나가겠다고 다짐하고 떠난 순간부터 내 이름은 메이였다. 소극적이고 걱정 많았던 신소현에서 대범하고 용기 있고 꿈을 지키려 노력하는 메이가 되었다. 메이라는 이름에는

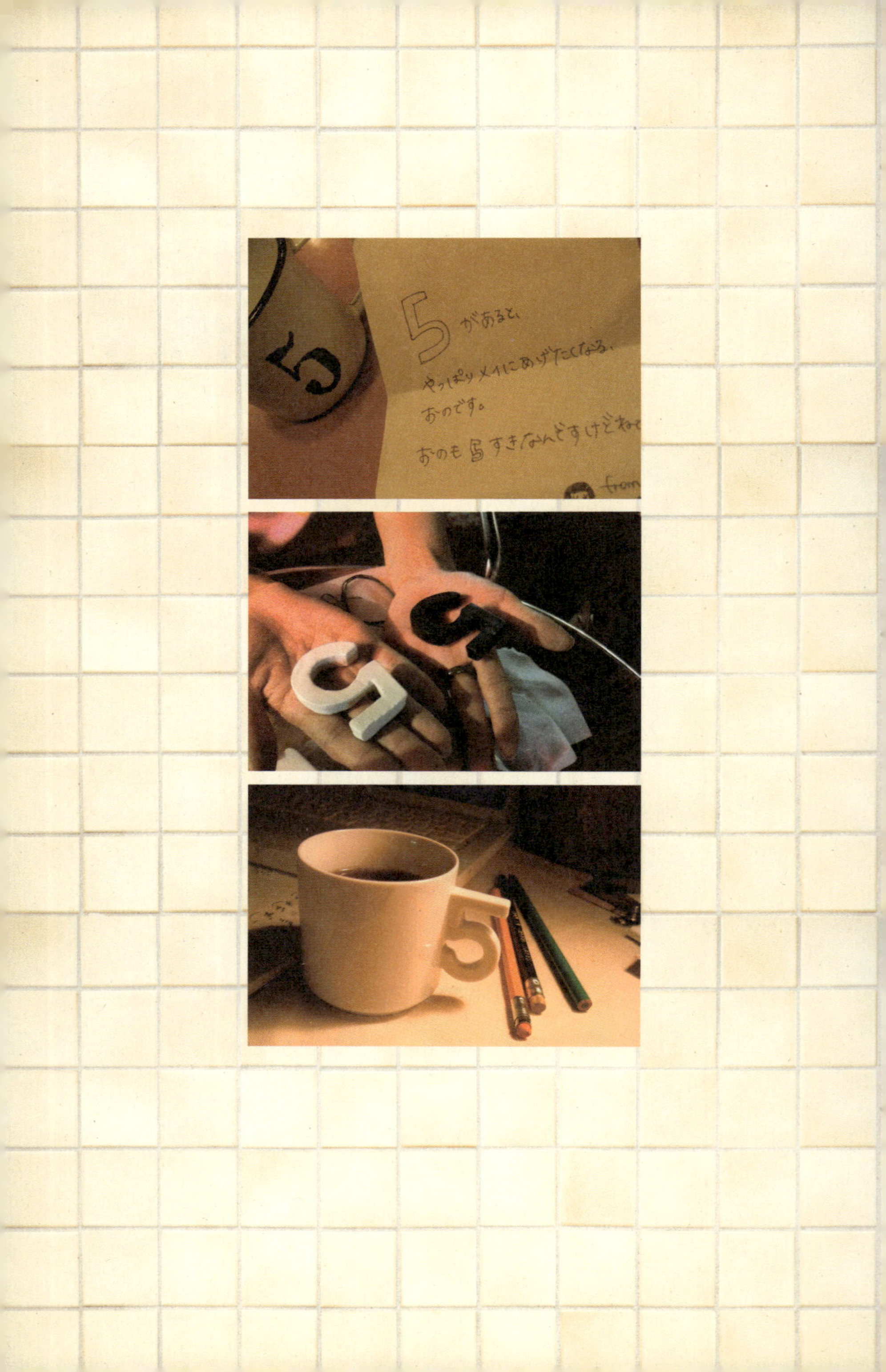
5 があると、
やっぱりメイにあげたくなる、
のです。
おのも 5 すきなんですけど

나의 꿈과 희망이 담겨 있다. 어쩐지 쓸쓸하고 외로운 느낌이 들면서 여리지만 강한 오월의 향기를 품고 있다. 따뜻한 오월이다. 따뜻한 사람이 되고 싶다.

— 엄마, 나 개명하면 어떨 것 같아? 예를 들면 '구름' 같은. 신구름 어때?

농담이 아니라 정말 구름이라는 이름을 갖고 싶었다. 만약 구름으로 이름을 바꾸었다면 나는 또 나름대로 잔뜩 의미를 부여해서 하늘 위의 구름처럼 여기저기 둥둥 떠다니고 싶다며 자꾸만 어디론가 가려고 하겠지.

메이라고 불리면서부터 친구들은 숫자 5가 적힌 머그잔이나 스티커, 노트 등을 선물해 주었다. 숫자 5만 보면 내가 생각난다고 했다. 그럴 때마다 기분이 좋았다. 누군가에게 숫자 5를 보면 생각나는 사람이 되었다고 생각하니 메이라는 이름을 붙인 스스로가 대견했다. 그렇다고 실제 이름을 부정하는 것은 아니다. 살면서 닉네임 하나쯤은 있어도 나쁘지 않으니까. (할아버지, 죄송합니다.)

#60

이진휘 星山真輝

카피라이터 일을 하면서 알게 된 친구 진짱. 일본 이름은 호시야마 마사키. 호시야마는 성이고, 마사키는 이름이다. 진짱의 한국 이름은 이진휘. 마사키를 한국어로 읽으면 진휘가 된다. 나이는 나보다 세 살 위지만 진짱이라 부른다. 한국에서처럼 오빠라고 하지 않는다. (일본 이름 뒤에 붙는 '짱'은 친밀한 사이에서 부르는 일종의 애칭이다.)

— 진짱, 너의 한국 이름은 진휘야. 굉장히 매력적이고 예쁜 이름이지.

진짱의 어머니는 재일교포이고 아버지는 한국 분이다. 하지만 진짱은 어렸을 때부터 한국어 교육을 전혀 받지 않았다. 한국인의 피가 흐르고 있지만 한국말을 전혀 모른다. 아버지의 성이 이씨라는 것만 알고 있다. 나를 통해 "안녕하세요", "배고파요" 또는 "어머니"라는 말을 배워 가끔씩 말하곤 했다.

언젠가 몸살이 나서 온종일 집에 누워 있었을 때가 있었는데, 진짱은 한 시간 정도 걸리는 거리를 와 주었다. 동네 슈퍼마켓에서 장을 봐서 죽을 만들고 복숭아 캔과 사과를 사 주었다. 그러고는 다시 회사

로 돌아가야 한다며 급히 지갑을 꺼내면서 말했다.

— 메이, 현금 있어? 혹시 모르니까 현금이라도 좀 가지고 있어야 해. 급하게 병원이라도 갈 수 있잖아.

진짱은 어쩜 이렇게 자상한 걸까? 현금은 없었지만 한사코 거절했다. 우리 집까지 오는 차비와 슈퍼마켓에서 쓴 돈만 해도 적지 않을 텐데.

확신이 들었다. 진짱도 나를 좋아하고 있다고. 그런 마음이 아니고서야 먼 길을 찾아와 죽을 끓여 줄 수 있을까? 그런 마음이 아니고서야 자신의 소중한 CD를 누군가에게 줄 수 있을까? 그것도 네 장씩이나? 먼저 고백하는 일은 나에겐 그리 자존심 상하거나 힘든 일은 아니었지만 진짱에게는 할 수 없었다. 평생 하지 않기로 다짐했다. 왜

냐하면 괜히 어설프게 마음을 전달했다가는 친구라도 될 수 없을 것만 같았다. 그리고 진짱이 나를 좋아했다면 좋아한다 말할 수도 있지 않았을까? 아무리 일본 사람들이 자기감정을 잘 감춘다고 하지만 말이야.

휴— . 하지만 그럴 수도 있겠다 생각하기로 했다. 정말 소중한 친구니까, 혼자 외국에 사는 친구가 아프면 먼 길을 달려가 죽 그까짓 것 팔팔 끓여 줄 수 있는 거다. 진짱에게는 한국이라는 나라가 어쩌면 평생 그리웠을 텐데 한국 사람인 나를 알게 되어 소중하게 간직했던 CD를 줄 수도 있는 거다. 바다를 보고 싶다는 친구를 위해 몸이 좋지 않은데도 불구하고 장거리 운전도 거뜬히 해낼 수 있는 걸 거다.

글을 쓰고 사진을 찍는 나를 만나는 동안 진짱은 이렇게 말해 주었다.

— 메이 덕분에 나도 그동안 서랍 속에만 있던 카메라를 다시 꺼내게 되었어. 정말 고마워.

지금도 진짱의 스트레스 해소법은 카메라를 들고 어디든 나가는 것이다. 그때마다 나를 생각한다고 말해 주었다.

그래, 그거면 됐어. 네가 다시 건강해진 것. 다시 활력을 찾게 된 것.

입바른 소리라도 "메이 덕분에"라고 말해 줘서 고마워. 그리고 어설프고 생각만 해도 부끄러워서 웃음이 나오는 고백 상황을 만들지 않아서 참 다행이야. 그거면 됐어. 어설프게 내 마음을 전달했다면 우리는 지금까지도 친하게 지낼 수 없었을 테니까.

곧 진짱과 만난다. 진짱은 자신의 카메라로 나를 찍고 싶다고 했다. 기대된다. 아직도 진짱을 만나면 조금은 떨리지만.

진짱이 내 덕분에 사진을 다시 찍게 되었고 마음이 건강해졌다고 말하는 것처럼 내 덕분에 당신도 즐거웠으면 좋겠다. 잊었던 소중한 꿈들을 다시 꺼내고 건강하고 즐거운 마음을 가졌으면 좋겠다.

굿 나잇

"오늘 밤은 이유 없이 잠들기 힘들 것 같아"라고 쓰면서
잠이 오기 시작한 것 같다.
"너를 사랑할 것 같아"라고 쓰면서
너를 사랑하기 시작한 것 같다.

잠들고 있고, 사랑하고 있다.

#61
늘 새로운 하루

사람들은 새로운 생활을 반복하고 있습니다.

매일 아침 새로운 그날의 신문을 삽니다.

매일 아침 새롭게 내린 커피를 마십니다.

매일 아침 조금씩 다른 각도의 햇빛을 받으며 잠에서 깹니다.

매일 새로운 사람들과 눈을 마주칩니다.

매일 같은 길을 걷지만 같은 발자국은 아닙니다.

우연히 책상 위에 새로운 펜이 올려져 있곤 합니다.

그러나 사람들은 매일 같은 하루가 반복된다고 말합니다.

지겹다 말합니다.

자기 자신이 살고 있는 언제나 새로운 날들인데

일탈을 꿈꾸고 있습니다.

그 사람들이 말하는 반복되는 하루가

일생의 소원인 사람들도 있습니다.

그래서 우리는 더 감사해하고 행복해하지 않으면 안 됩니다.

사람들은 새로운 생활을 늘 반복하고 있습니다.

그러나 그 사실을 잘 모릅니다.

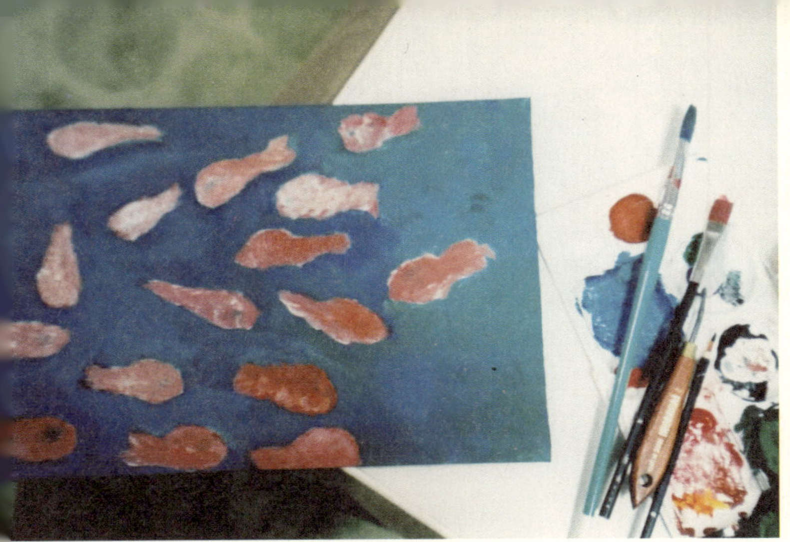

#62
즐거운 일

오늘은 오랜만에 자전거를 타고 강가로 달려가 달리기를 하는 사람들의 뒷모습은 참 아름답다고 생각했다. 그리고 프리템포의 음악을 들으며 어떤 생각을 하고 살기에 이렇게 좋은 음악을 만들까 하고 생각했다.

얼마 전 어쩐 일인지 붓과 물감을 몽땅 버린 일이 있었다. 다시는 그림을 그리지 않겠다고 생각한 날이었던 것 같다. 강가에서 돌아오는 길에 화방에 들러 4가지 사이즈의 붓과 4가지 색의 물감을 샀다. 6가지 색을 사고 싶었는데 우선은 돈을 절약하고 싶었다.

집에 들어오자마자 앞치마를 입고 그림을 그렸다. 웬일인지 두 장의 그림이 그려졌다. 한 장의 그림에는 '무라사키(보라)'라는 이름을 붙여 주었고, 나머지 한 장의 그림은 '여름'이라 부르기로 했다. 나를 힘들게 했던 여름은 아마도 저 붉은 태양 같은 얼굴이었을 것이다. 힘들어하던 나와는 아무런 상관이 없다는 듯 아름다운 색을 하고 있다. 그랬을 것이다.

그림 그리는 일은 즐겁다. 어쩐지 내 마음을 전부 들켜 버린 것 같아 조금은 쑥스럽지만 말이다. 그림 그리는 일이 즐겁다는 사실을 매일 잊고 산다. 그러고는 어쩌다가 자극을 받거나 깊은 사색에 빠져 버리거나 하는 날에는 그림을 그리는 일이 즐겁다는 사실을 떠올리게 된다. 그래서 그림을 그린다.

살아 있다는 것은 참 즐거운 일인데, 꿈이 있다는 것은 참 즐거운 일인데, 사랑받고 있다는 것은 참 즐거운 일인데, 아침에 눈을 뜰 수 있다는 것은 참 즐거운 일인데, 즐겁다는 사실을 매일 잊고 산다.

カーネーション
税込¥315
(本体価格¥300)

#63
나는 당신을 사랑한다

사진을 찍자며 자전거를 타고 나왔다. 역 앞 꽃가게에서 발길이 멈춘다. 이제 곧 어머니의 날. 일본은 한국과 다르게 어머니의 날과 아버지의 날이 따로 있다. 어머니의 날을 위한 카네이션과 흐드러진 작약에 눈을 뗄 수가 없어 가게 안으로 들어갔다. 사진을 찍으려던 계획은 새카맣게 잊고 화분을 자전거 바구니에 싣고 집으로 돌아왔다. 세상에서 가장 소중한 듯, 나의 보물 1호가 된 듯 나는 사랑하고 있었다.

사랑은 어디에든 붙일 수가 있다.

나는 내 방에 들어온 화분을 사랑하고,
오후 4시의 햇빛을 사랑하고,
얼마 전에 산 검은 구두를 사랑하고,
반짝반짝 빛나는 별을 사랑하고,
꽃을 사랑하고,
그리고 당신을 사랑한다.
나는 당신을 사랑한다.

#64
오노의 눈물

오노는 안부 인사를 시작하고 얼마 지나지 않아 울기 시작했다. 언젠가 내가 일본에서 지내는 것이, 불투명한 눈앞의 모든 것이 속상해 전화를 걸어 말없이 눈물을 흘릴 때와 비슷했다.

— 오노, 뭐하고 있었어? 곧 비가 올 것 같아.

— TV 보고 있었어.

— 밥은 먹었고?

— 응.

그러고서 아무 말도 하지 못한다. 오노의 이름은 오노 아야노. 성은 오노, 이름은 아야노다. 나는 오노라고 부른다. 일본의 명절날 치바에 있는 오노의 부모님 댁에 갔던 적이 있었다. 한번은 "오노~" 하고 불렀는데 온 가족이 대답했다. 그럴 때는 아짱 또는 아야노라고 불러야 한다. 오노의 엄마도 아빠도 오빠도 다 오노니까. 신문배달을 그만두고 무인양품無印良品(일본 생활용품 브랜드 매장)에서 아르바이트를 하면서 만난 친구다. 나이는 세 살 어리지만 생각이 잘 맞고 나보다 어른스럽기까지 하다. 낯을 많이 가리고 친구 사귀기에 힘들어하던 오노였다며 오노의 엄마가 내게 고맙다고 하실 정도로 내성적인 친구다.

사실 나도 말이 많은 편은 아닌데 외국에서 살다 보니 말이 많아졌다. 말을 많이 하지 않으면 일본어 못 하는 줄 알까 봐 걱정됐던 것 같다. 나 너희 말 할 줄 알아, 그러니까 무시하지 마, 이런 느낌? 오노와 함께 있으면 안심이다. 굳이 말을 하지 않아도 불편하지 않다. 따뜻한 차 한 잔을 앞에 두고 앉아 있을 때도 편안하게 해주는 친구다.

한국 사람들은 갑자기 전화를 잘 거는 특징이 있는 반면, 일본 사람들은 갑자기 전화를 걸지 않는다. 상대방에게 폐를 끼친다고 생각하기 때문이다. 용건이 있으면 휴대폰 메시지를 먼저 보낸다. 문득 밤

하늘을 보다 전화를 걸기도 하고, 산책을 하다 전화를 걸기도 하는 나를 오노는 독특한 사람이라고 생각했단다. 생각이 나면 바로 전화하는 사람, 하고 싶은 것이 있으면 바로 하는 사람. 어쩌면 오노는 이제껏 이런 친구를 만나보지 못했을지도 모른다.

사람들과 마주치기 싫은 날 어쩔 수 없이 외출을 해야 한다면 오노는 앞머리를 앞으로 내리고 안경을 썼다. 이런 오노에게 밝은 친구가 있어서 다행이라며 오노의 부모님은 나를 많이 아껴 주셨다. 때마다 쌀을 보내 주시고 집 앞에서 키운 당근과 감자를 신문으로 하나씩 싸서 넣어 주신다. 주방 세제와 수세미 등도 엄마의 마음으로 가득 담아 주신다.

오노는 울음을 참으며 힘들게 말을 이어 갔다. 이사도 가기 싫고, 친구들은 다 취직됐는데 아무것도 결정되지 않은 자신이 싫고, 졸업 여행도 졸업식도 가고 싶지 않다며. 앞으로 무엇을 해야 옳은지, 어떤 길을 가야 옳은지, 무언가를 먹어도 맛을 느끼지 못한다고 했다. 애써 웃어 보이려는 오노의 마음을 나는 왜 이리도 잘 알고 있는 걸까? 세상이 끝난 것 같은 기분이었을 것이다. 더 이상 지체하지 말고 박차고 일어나야 하는데 막다른 길에 서 있는 느낌.

— *오노, 비가 올 것 같으면 너에게 문자를 보낼게. 비가 내리기 시작하면 너에게 전화를 할 거야.*

이 말 외엔 아무런 말도 하지 않았다. 그리고 그날 밤 비가 왔다.

#65
내복약

사랑하는 사람이 곁을 떠났을 때 그의 소중함을 알듯이,

몸이 아플 때면 건강의 소중함을 알게 돼요.

한 알 먹고 조금 괜찮아졌다고 해서 약을 먹지 않으면 더 아프대요.

따라서 면역성도 떨어지는 거고요.

시간이 조금 지나서 그 사람을 잊었다 싶으면 금방 또 생각이 나요.

그래서 더 아프죠.

시간을 많이 먹어야 하나 봐요.

아직도 가끔 아플 때가 있어요.

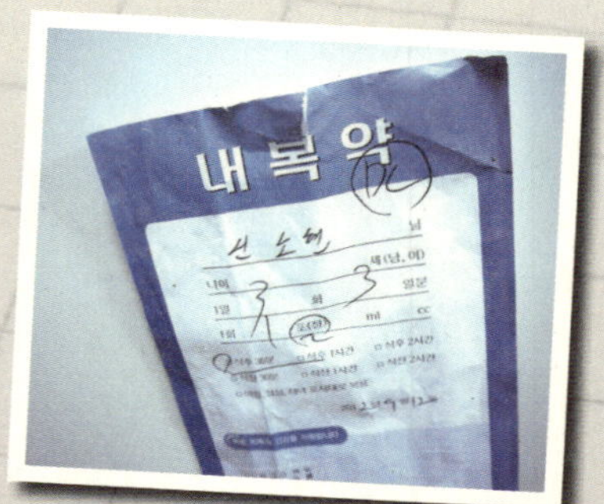

아물지 않는

상처를 입은 우리는 자꾸만 그 상처를 만지고 있다.

가만히 두면 아물 텐데

스스로 괜찮은지, 그렇지 않은지 확인하고 싶어 한다.

거의 아물어 가는데 괜히 건드려서 또 쓰라리다.

상처는 아물지 않는다. 다만 익숙해지는 것뿐.

#66
소박한 기대의 연장

오노와 에노시마 섬에 놀러가 바다를 보고 모래에 글씨도 써 보았다. 말하자면 오노와의 마지막 추억이 될 것이다. 나는 유자차, 오노는 따뜻한 와인을 주문했다. 따뜻한 와인을 한 모금 마시고 행복한 얼굴을 하고 있는 오노에게 말했다. 어쩌면 찬물을 끼얹으며.

— 곧 한국으로 돌아가려고 해.

— 벌써 정한 거야?

— 응. 아니, 사실 잘 모르겠어.

— 그치만 갈 거지? 언젠가는?

— 응, 가야지.

— 차라리 네가 일본 사람이랑 결혼했으면 좋겠다.

— 오노, 사실 나도 두려워. 돌아가면 무엇을 해야 할지. 나는 왜 한국으로 돌아가려고 하는지 잘 모르겠어. 그냥 지금이 너무 외롭고 힘들고 그래. 그 대신 내가 4년 동안 일본에 있었으니까 똑같이 4년은 한국에서 지내도 좋을 것 같아. 그래야 오노도 한국에 놀러 올 수 있지. 같이 서울의 카페에도 가고 바다도 보러 가자. 또 모르지. 내가 다시 일본으로 돌아올지도.

— 그래, 그건 좋다. 내가 메이의 집에 놀러 갈 수 있는 것 말이야. 다시 도쿄로 올 수도 있다는 것도 좋고!

— 우리는 또 어디서든 만날 수 있으니까 내가 일본에 있든 한국에 있든 그건 중요하지 않은 것 같아.

이렇게 소박한 기대를 또 걸어 본다. 우리의 삶은 소박한 기대의 연장은 아닐까? 어떻게 될지 모르지만 곧 너를 다시 만날 수 있을 거라는 기대. 내가 다시 일본으로, 캐나다로 떠날 수 있을지도 모른다는 기대. 멋진 사랑도 곧 찾아올 거라는 기대. 이런 소박한 기대로 나는, 우리는 살아가고 있다.

#67

미안해, 귤

싸늘한 겨울바람 속 그 사이를 비집고 들어오는 햇살이 좋다. 이불을 꼭 끌어안고 여태 자고 있는 나를 방 창문을 열며 깨우던 야속했던 엄마……. 그 시절 그때와 같다. 따뜻함 속 추위. 따뜻함과 추위. 우리의 삶은 늘 이렇다. 싸늘한 바람 속에 스며드는 햇살이 있고, 따뜻한 햇살 속에 낮게 불어 들어오는 싸늘한 바람이 있다.

먹다 남은 귤을 테이블 위에 두고 잠시 후 다시 먹으려고 하면 말라서 쩍 갈라진다. 재채기를 하는데 마치 말라 버린 귤처럼 입술이 쩍 갈라져서 아팠다. 문득 나 자신이 말라비틀어진 귤 같았다.

배우고 싶은 것, 하고 싶은 것은 많은데 일단 어쨌든 오늘을 살아야 하기에 아름다운 꿈은 뒤로한 채 잊고 사는 내 모습. 그 모습이 싱싱함을 잃고 말라비틀어진 귤 같다고 생각하니 나 자신에게 너무 미안했다. 고등학교 때 옷장 속에 숨긴 성적표를 들켰을 때 엄마에게 등짝을 연달아 다섯 대 맞았을 때처럼 몸뚱이도 마음도 아파 왔다.

내가 무심하게 방치해 둔 귤도 그때 아팠겠지?

미안해, 귤! 그리고 나에게도.

#68

사람이 진다

처음으로 일본에서 짐을 푼 곳은 사이타마 현 미나미우라와. 나의 의지와는 전혀 상관없이 유학원에서 정해 준 집이다. 내가 지낼 곳은 217호. 맞은편에는 멋진 중년 카즈상의 방이었다. 이곳은 마치 세계지도 같았다. 중국에서, 아일랜드에서, 프랑스에서, 미국에서…… 세계 각국의 사람들이 모여 있었다. 하지만 이곳은 일본이라는 사실을 강하게 인정하듯, 아파트 관리인은 일본인 케이스케였다. 짐을 대충 내려놓고 편의점으로 달려가 음료수를 하나 사고 남은 동전을 짤랑거리며 공중전화기 앞으로 갔다. 엄마에게 전화를 걸었다.

— 내일은 외국인 등록증 신청하고 휴대폰을 개통하러 갈 거고 은행에 가서 통장도 개설할 거야. 엄마, 잘 지내고 있어. 또 전화할게. 아, 그리고 내 방은 217호야.

난 괜찮을 거다. 익숙해지는 것, 적응하는 것은 나에겐 그리 어려운 일이 아니었다. 그곳의 풍경들은 이미 내 머리와 가슴 속에 한 장의 큰 풍경화로 자리 잡고 있었다. 그 풍경 속에는 소중한 사람들도 남아 있다. 그들의 가장 행복한 얼굴이 남아 있다.

사람이 만나고 헤어지는 것은 어쩌면 인간에게 주어진 가장 슬픈 일은 아닐까? 뜻하지 않은 이별을 하고, 또 새로운 사람들을 만나고, 영원할 것 같지만 또 예고 없는 이별이 찾아오고, 그러다 또 새로운 사람들을 만나게 되고.

아일랜드에서 온 키렌이 말했다. 일본에 온 지 10년이나 되었지만 매일매일 새로운 말들을 배우게 된다고. 새로운 말을 배우는 것처럼 매일매일 새로운 사람들을 만난다. 그렇게 또 그들과 헤어지고 있었다.

지금 217호에는 어디에서 온 누가 살고 있을까? 하루하루 해가 뜨고 지듯, 사람이 뜨고 진다. 그리고 생각지도 못한 우편물이 날아든 그 날처럼 우리 모두는 언젠간 만나게 될 것이다.

PART 5

landing 도착
▷▶▷ SEOUL, KOREA

#69

취향과 고집의 반복

공부와 직장 생활로 떠나 있는 동안 말로는 형용하지 못할 그리움이 너무 커져 돌아오게 되었다. 그래, 나도 누구처럼 멋있게 어디선가 북소리가 들리면 떠난다고 하자. 떠나야 한다며 고집을 부리고, 다시 돌아가겠다며 상황을 이렇게 만들어 왔다. 마음에 드는 곡은 지칠 때까지 반복해서 듣고, 아메리카노는 연하고 별로 뜨겁지 않게(미지근한 것과는 다르다) 트렌치코트는 절대 입지 않는 것, 이 모두가 취향이 아닌 지독한 고집인 걸까?

어쩐지 커다란 짐 하나를 두고 온 것만 같다. 떠나는 날 아침, 새벽같이 일어나 마지막으로 쓰레기를 버리고 청소를 하면서 텅 빈 집을 확인했는데도 무언가 커다란 짐을 두고 온 것만 같다. 그리고 떨쳐버릴 수 없었던 도망치는 듯한 그 기분. 큰 죄를 짓고 있는 것만 같은 기분. 어쩌면 필요 이상으로 깊어져 버린 생활이 나를 이렇게 만들었는지도 모르겠다. 언제쯤이면 시원하게 훌훌 털면서 떠나는 것에 익숙해질 수 있을까.

누군가를 선택하는 일도 이를테면 취향과 고집의 반복 속에서 일어나는 것은 아닐까? 우리가 꿈꾸는 모든 일들도 각자의 취향과 고집의 반복 속에서 이루어지는 것은 아닐까?

#70

불안한 날들을 살아왔기 때문일까?

나의 20대는 마치 창가에 놓인 유리컵 같았다. 물이 3분의 1 정도 담겨 있는. 창문을 열고 닫을 때, 바람이 불어 창문이 덜컹거리면 깨질까 겁이 나는 창가에 놓인 유리컵 같았다. 늘 불안했고 걱정이 앞섰지만 그래도 행복하고 매일매일 설레었다. 내일은 우연히 무라카미 하루키를 만날 수 있을지도 모르니까.

사람들은 자신의 삶에 만족할수록 현실에 안주하게 된다. 지금의 삶에 꽤 만족하면서 떠나고 싶다고 말한다. 모순이란 생각을 해본다. 나는 되도록 안주하지 않으려고 한다. 모든 일이 순탄하게 흘러가면 흘러갈수록 불안해진다. 재미가 없고 무엇 때문에 살아가고 있는지도 불분명해진다. 통장에 잔고가 얼마 남지 않아 걱정하고, 하고 싶은 일과 하는 일이 전혀 달라서 마음 졸이고, 반드시 해내고 말겠다는 의지가 불타오르는 때, 그때가 좋다.

불안한 창가에 서 있는 내가 비로소 참된 나 자신임을 깨닫는다. 그동안 안정된 삶이 무엇인지 모르고 늘 불안한 날들을 살아왔기 때문인 걸까? 불안한 현재에 안도의 한숨을 쉬고, 또 이 불안함은 마치 내가 살아 있음을 말해 주는 것 같다.

보이지 않는 미래에 대한 걱정 따위는 잊은 지 오래다. 돌아갈 곳을 만들어 놓지 않는 것 또한 나의 방법이다. 여지를 남겨 두지 않는 것, 그것이 바로 자유로움은 아닐는지. 내년에 나는 또 어디론가 떠날지도 모르겠다. 그렇게 또 낯선 곳에서의 생활을 즐길 것이다. 그렇게 또 불안한 날들은 시작될 것이다.

#71

아빠보다 할아버지

밥 먹다 말고 화장실 가지 마라.

미니스커트 입지 마라.

밤늦게까지 TV 보지 마라.

밥 먹기 전엔 물 한 모금 마셔라.

겉으로는 바보처럼 웃어도 속으로는 똑똑한 사람이 되어야 한다.

시계는 5분 정도 빨리 맞춰 놓아라.

구두는 반짝반짝하게, 바지 주름은 칼같이!

겨울엔 항상 어리굴젓이 있어야 식사를 하시던 할아버지의 말씀들. 나에게는 아빠보다 할아버지에 대한 기억이 길다. 아주 어렸을 때부터 밤 9시가 되면 TV도 방 불도 다 끄시며 얼른 자라고 하셨다. 학교에 가지 않아도 되는 주말 아침에도 6시에 깨우셨다. 난 지금도 365일 아침 6시에 일어난다. 아무리 늦게 자고 피곤하더라도 일단 아침 6시엔 눈이 떠진다. 늦잠으로 지각 한 번 해본 적이 없다. 할아버지는 외출이라도 하시면 구두 닦아라, 바지 다림질해라 하셨다. 어디 나가면 며느리도 손녀도 없는 사람처럼 보이는 게 싫다고 하셨다. 그때는 참 싫고 귀찮았다. 왜 그랬을까? 우리 할아버진데. 이왕 할 거 기분 좋게 해드릴걸. 지금 이렇게 그리워할 줄도 모르고.

생각해 본다. 지금 할아버지가 살아 계시다면 같이 쇼핑도 가고, 맛있는 것도 사 드리고, 손톱도 깎아 드리고, 요즘은 눈썹도 다듬어야 한다며 눈썹도 다듬어 드리고, 멋쟁이 모자도 사 드리고 싶다. 나에게 가장 많은 가르침과 사랑을 준, 아빠보다 고마운 할아버지인데 이제는 다 해드릴 수 있는데 너무 늦었다는 사실이 정말 속상하다. 그때 아직 살아 계셔서 "할아버지, 저 캐나다 다녀올게요", "일본에서 공부하고 올게요!"라고 했을 때 뭐라 말씀하셨을까? 분명 꼬깃꼬깃 접어서 모아 두신 용돈 쥐여 주며 잘 다녀오라고 하셨을 거다. 사람은 배워야 한다며 웃으며 보내 주셨을 거다.

아빠보다 할아버지 사랑을 받으며 이렇게 잘 컸는데, 내 옆에는 아빠도 할아버지도 없다. 그래서 가끔씩 마음이 헛헛한가 보다. 할아버지, 나 이렇게 많이 컸어요! 같이 막걸리 마셔 보고 싶어요. 할아버지 덕분에 아침잠이 없어서 일찍 일어나서 책 읽고 글 쓰기 시작해서 지금도 이렇게 글을 쓰고 있어요. 나에겐 아빠보다 더 소중한 할아버지, 사랑합니다.

#72
유효기간 없는 쿠폰

소중하게 간직하고 싶은 것을 담아 두는 빨간 플라스틱 박스가 있다. 일본에 있을 때 디즈니랜드에 다녀온 친구가 사다 준 선물이다. 유학 시절 엄마가 보내 준 편지도 그 박스 안에 보관하고 있었는데, 그 편지를 찾으려고 오랜만에 빨간 박스를 열었다. 그런데 생소한 하얀 봉투가 있었다. 80엔짜리 우표가 붙어 있었고, 수신인 란에는 복층 아파트에 살던 도쿄의 내 주소가 적혀 있었다. 발신인의 이름과 주소는 없었다. 봉투 속 종이를 펼쳐 읽기 시작했다. 이내 다리에 힘이 풀렸다.

높은 곳에 가고 싶을 때

불닭이 먹고 싶을 때

소고기가 먹고 싶을 때

바다가 보고 싶을 때

단풍이 보고 싶을 때

미술관에 가고 싶을 때

와인이 마시고 싶을 때

컴퓨터가 이상할 때

이 외에도 연락할 수 있는 쿠폰이다.

몇 장이냐고? 그건 소현이가 정하는 거겠지?

늘 건강하고 행복하길 바랄게.

2008年 9月 30日

지나간 연애편지 같은 것은 성격상 다 버리는데, 이 편지를 나는 왜 지금까지 가지고 있는 거지? 그것도 중요한 빨간 박스 안에. 편지를 읽자마자 일본에서 사용하던 전화기를 찾았다. 그의 전화번호가 있을 것이다. 겨우 충전을 하고 전화기 전원을 켰는데 비밀번호가 설정되어 있다. 어떤 숫자를 넣어 봐도 맞지 않는다. 컴퓨터에 연결해 보라는 주위 사람들의 말에 연결하고 보니 데이터가 다 날아갔다. 결국 전화번호를 찾지 못하자 정신이 번쩍 들었다.

4년이나 지난 지금, 내가 이제 와 전화를 걸어서 "잘 지냈어?" 묻는다면 너는 어떤 기분일까? 다 잊고 잘 살고 있는데 "그때 보내 준 쿠폰 보고 전화했어"라는 얼토당토않은 말을 한다면 너는 얼마나 당황스러울까? 내가 너에게 무슨 말을 할 수 있을까?

지난 추억을 꺼내 보는 것은 어쩌면 억지인지도 모르겠다. 휴대폰의 비밀번호가 생각나지 않아서, 결국 모든 데이터가 삭제돼서 오히려 다행일 것이다. 적어도 지나간 추억으로 너를 괴롭히지 않았으니까. 한편으로는 화가 났다. 아니 저렇게 좋은 쿠폰을 줄 거면 전화번호 정도는 적었어야지! 나 지금 단풍도 보고 싶고 불닭도 먹고 싶고 바다를 보면서 와인도 마시고 싶은데! 그리고 너도 궁금하단 말이야!

보고 싶다는 말보다 그립다는 말보다 궁금해. 그후로 잘 지내고 있는지, 아직도 늘 그렇게 딱딱한 기분을 갖고 살고 있는지, 가끔은 나를 생각하는지 말이야. 하지만 나의 이런 마음도 사치라는 생각이 든다.

이제는 어떠한 방법으로도 너에겐 전할 수 없겠지. 잘 지내, 소중한 추억! 그리고 이 쿠폰은 나 평생 간직할 거야. 아니 그만 놓아주는 게 편할까? 설마 나에게 보낸 이 쿠폰이 언제 사용될까 기다리고 있진 않겠지?

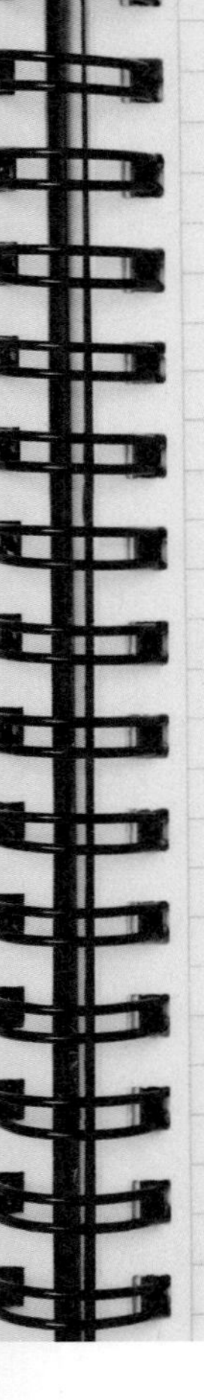

#73

상봉역

나에게 버릇이 하나 있다면 새로운 것을 시도한다는 것이다. 고칠 수 없는 대략적으로 나쁜 버릇. 어디론가 떠나는 것도, 갑자기 회사를 그만두는 것도 포함된다. 무언가 또 새로운 것이 필요했다. 아무리 생각해도 행복하지가 않다. 회사에서 적당히 월급 받고, 먹고 싶은 것과 사고 싶은 것을 사고, 월요일이 오는 것을 싫어하고……. 대체적으로 많은 사람들이 이렇게 평범하게 살고는 있지만 영 밋밋했다.

돈 벌어 내 돈으로 쇼핑하는데도 즐겁지가 않다는 것은 정말 큰 걱정인 거다. 어디로 가지? 무엇을 해야 나는 조금이라도 만족이란 것을 느낄 수 있을까? 평소엔 타지도 않는 지하철을 탔

다. 갈 곳도 정하지 않고 그냥 탔다. 경춘선으로 환승되는 7호선 상봉역에서 잠깐 내릴 뻔했다. 내릴까 말까 고민하는데 뛰어 들어오는 커플 뒤로 문이 닫혔다. 커플은 자리에 앉자마자 투명한 비닐봉지에서 사과를 꺼냈다. 사과를 깨무는 소리가 청량했고 사과 향기가 지하철 안에 은은하게 번져 나를 미소 짓게 했다.

이런 작은 사과 향기로 행복해질 수 있다는 것을 새삼 깨달았다. 상봉역에서 내려 춘천으로 향해도 나쁘진 않았을 테지만 그 사과 향기에 '그래, 아직은 떠나지 않아도 괜찮다'고 생각했다. 그래, 아직은 괜찮은 거야.

#74
5년 전의 약속

5년 전 일본으로 가기 전에 주변 사람 스무 명에게서 타임캡슐을 받았었다.

— 5년 후의 자신에게 편지를 써서 저에게 보내 주세요. 그리고 영원히 변하지 않을 당신의 주소를 꼭 적어 주세요. 5년 후에 받아 볼 수 있도록!

일본으로 떠나기 한 달 전까지 도착한 편지는 20통. 미리 말한 대로 나는 그 편지들을 다 읽어 보았다. 현재 그들의 생각과 생활을 알아둘 필요가 있다고 생각했다. 안다고 해서 무엇을 어떻게 해줄 수 있는 건 없었지만, 5년 동안 보관해 주는 대가로 충분하다고 생각했다.

사실 너무 궁금했다. 20통의 편지를 큰 봉투에 담아 일본으로 갈 때 챙겨 갔다. 20명의 타임캡슐은 나와 같이 일본에서 4년을 살았고, 카고시마 여행을 갔을 때도, 제주도에 갔을 대도 나와 함께였다. 왜냐하면 그들도 새로운 곳의 바람을 맞고 싶어 했을 테니까. 아마도. 신문에서 '오늘의 날씨' 부분을 오려 편지 봉투에 넣은 사람도 있었고, 5년 후의 나에게 일본어로 편지를 쓴 사람도 있었다.

그들의 타임캡슐을 보관하고 있다는 사실을 늘 기억하며 산 것은 아니다. 하지만 때때로 지난날의 나는 어땠을까, 앞으로의 나는 어떻게 될까를 생각할 때면 그들의 타임캡슐이 생각났다. 어느덧 5년이라는 시간이 흘러 나는 다시 서울에 있고 약속한 그들에게 편지를 다시 돌려줘야 한다. 타임캡슐을 돌려받은 그들은 아마도 놀라움이 앞설 것이고 기대감으로 봉투를 열어볼 것이며 자신이 이런 유치한 글을 썼냐며 잠시 부끄러워하다가 이내 눈물을 글썽거릴지도 모른다. 이 글을 다 쓰고 나면 타임캡슐을 되돌려주는 작업을 시작할 거다. 영원히 변하지 않는 주소를 보내 달라고 했지만 주소를 적지 않은 사람도 있기에 어떻게 전달해 줄지는 지금부터 고민해야 하는 숙제다. 그들을 찾아 떠나는 여행을 해도 좋을 것이다.

나는 아무것도 아닌 사람이지만, 분명 누군가에게 힘이 되는 사람일 거라 생각한다. 그는 이렇게 말할지도 모른다.

— 내가 아는 사람 중에 가진 것 없고 꿈만 많았던 여자가 하나 있는데 말이야. 캐나다로, 일본으로 무작정 갔는데, 글쎄 그 사람이 글을 쓰더라고. 게다가 나의 타임캡슐을 5년 동안이나 보관해 줬어. 그런 것쯤은 무시하고 안 돌려줬어도 기억하지 못했을 텐데. 참 고마운 사람이야.

하지만 고마워하지 않아도 괜찮다. 고맙다는 말 들으려고 5년 동안 가지고 있었던 건 아니니까. 그냥 누군가에게 힘이 되는 꿈을 갖게 해주는 사람이 되고 싶었다.

물론 나도 그 당시 5년 후의 나에게 편지를 썼지만 일주일도 되지 않아서 뜯어 읽어 보고는 부끄럽다며 찢어 버렸다. 하지만 나에게는 이 책의 글들이 있지 않은가 :-)

#75

너에게도 그런 사람이 있으면 좋겠어

우리들이 외롭다 느끼는 건,

어쩌면 밥 먹을 때 함께할 사람이 없어서가 아닐까?

"맛있어?" 하고 물어봐도 대답해 줄 사람이 없어서가 아닐까?

해가 중천인데 아직 자고 있는 나를 깨우지도 않고

오노는 조용히 양파수프를 만들곤 했다.

양파 냄새에 발가락이 움직이면서

이제 일어나야 할 시간이 왔음을 알려주었다.

외롭지 않게 해주는 누군가가 있어야

우리는 쌀을 씻고 물을 끓이고 가스레인지에 불을 켤 것이다.

사랑 같은 어려운 말은 아직도 잘 모르겠지만,

당신에게도 매일매일 밥을 같이 먹을 수 있는

사람이 있었으면 좋겠다.

#76
바보 같은 내게

새벽 5시 20분. 144번 버스를 타고 동대문에서 집으로 가고 있었다. 오랜만에 새벽 시장을 다녀오는 길이다. 열심히 사는 사람들을 보고 나면 기운이 솟는다. 일본에서 신문배달을 했던 기억도 새롭게 떠오르면서. 버스 옆자리에 앉은 남자는 음악을 듣고 있었다. 이어폰에서 노래가 크게 새어 나온다. 보통은 인상을 찌푸리게 되는데 나쁘지 않았다. 나도 그 노래를 좋아하니까. 속으로 노래를 따라 불러 본다. 그런데 노래가 끝나자 또다시 같은 곡이 반복된다. 계속 그 곡만 반복해서 듣고 있었다, 그 남자.

그래서 그런가. 한남대교를 건널 때면 그때 들은 김범수의 '바보 같은 내게'라는 노래가 생각난다. 어느 가을날 새벽, 144번 버스에서 '바보 같은 내게'를 반복해서 듣던 남자는 그 노래 가사처럼 세상에서 가장 나약한, 또 가장 큰 슬픔 속에 빠져 버린 남자일 뿐이었다.

너라는 사람에게 빠져 버릴 것 같았던 그날 밤, 나를 앞에 두고 너는 차마 다 잊지 못한, 아니 잊을 수 없는 그 사람의 이야기를 했다. 사람이 사람을 이렇게 사랑하고 그리워할 수도 있는지 몰랐다. 부럽기도 하고 안타깝기도 하고…… 무엇보다 화가 났다. 사실 나에게도 잊을 수 없는 사람이 있다는 것에 대해. 나의 20대 마지막엔 그 사람이 있었다는 것을 평생 잊을 수 없을 것이다. 만날 수야 없지만 나쁘지 않다. 한평생 살아가면서 이름만 들어도 애틋한 사람이 한 명 정도는 있어야 아름다운 인생일 것이다. 그리움이야말로 바보 같은 너와 나를 살아가게 하는 힘일 것이다.

그러니까 결국 내가 말하고 싶은 것은,

이해해야 한다는 것이다.

나는 너를 이해하고

또 너는 나를 이해해 주고…….

#77
이해할게

우리들은 저마다 느끼는 감정의 크기가 달라서 오늘은 내가 괴롭고 또 어느 날은 네가 괴롭기도 하다. 분명 같은 감정일 텐데 다르다. 아니 어쩌면 저마다 느끼는 감정은 크기가 다른 게 아니라 아예 그 자체가 다른 것일지도 모른다. 상대방이 그렇게 말하는 것에는 그렇게 말하지 않으면 안 되는 이유가 있었을 테고, 네가 그렇게 받아들이는 것에는 그렇게 받아들이지 않으면 안 되는 그 무언가의 감정이 일어났을 것이다.

내일이 오지 않을 리는 없지만 나에게는 오지 않을 수도 있다. 그러니까 결국 내가 말하고 싶은 것은, 이해해야 한다는 것이다. 나는 너를 이해하고 또 너는 나를 이해해 주고……. 상대방을 이해할 수 없더라도 이해하려고 노력하는 것. 왜냐하면 죽었다 깨어나도 이해할 수 없는 사람이 있잖아. 이해하려고 노력은 해야지. 예를 들어 어떤 사람이 당신에 대해 "도대체 이해하지를 못하겠어"라고 말하고 있을 수도 있잖아. 그러면 슬프잖아. 그러니까 나도 이해해 볼게. 나도 좀 이해해 줘. 힘들단 말이야.

#78

언제든 떠날 수 있는 마음

『연금술사』의 주인공 산티아고처럼 보물을 찾으러 20대의 반을 낯선 외국에서 지내다 보니 어느새 스스로가 강해진 느낌이다, 라고 말하고 싶지만, 반대로 나는 더 약하고 여린 여자가 되어 있었다. 어딘지 모르게 짠한 여자. 강한 척, 당당한 척에 능숙한 여린 여자. 현실에 부딪히면 푹 쓰러지는 여자.

하지만 늘 그래왔듯, 나는 떠나는 것을 더욱 더 두려워하지 않기로 했다. 사랑하는 사람들을 두고, 당신을 두고 떠나는 것을 미안해하지 않기로 했다.

그런 마음을 갖고 싶었어. 언제든지 떠날 수 있는 마음을. 사랑도 미움도 그리움도 단번에 버릴 수 있는 마음을. 그래서 나 이제는 그렇게 하려고.

어쩌면 뭔가 강한 힘을 필요로 하는지도 모르겠어. 내가 어디든 갈 수 있는 자유인이라는 사실을 강하게 눌러 줄 수 있는. 그것이 사랑이든 사람이든 일이든 간에. 역마살이 있다는 둥, 팔자가 그렇다는 둥 그런 말은 듣고 싶지 않아.

괜찮아, 다 잘될 거야.

#79
지난날의 회상

토요일 오후 후배에게서 전화가 왔다. 여유 있게 세 시간 뒤에 만나기로 하고 약속 장소를 정한 후 준비 하기 시작했다. 어디에 앉더라도 편하게 이야기를 들을 수 있는 옷으로 골라 입고 머리를 묶었다.

후배는 더 좋은 회사에 취직하고 싶고 돈도 많이 벌고 싶고 공부도 하고 싶고 유학도 가고 싶고 결혼도 하고 싶다고 했다.

— 그런데 너 너무 욕심이 많은 거 아니야?

말하면서 아차 싶었다. 욕심이 많은 건 나 역시 다를 바 없는데…….

후배가 듣고 싶어 하는 말이 무엇인지 안다. 아마 "하고 싶은 거 해야지. 주위의 시선 너무 신경 쓰지 마"였을 것이다. 선택은 나 자신이 하는 것이지만, 누군가에게 고민을 털어놓았을 때 우리는 자기가 듣고 싶은 말을 해주길 바란다. 나도 그랬다.

누군가의 고민을 들어 주는 일은 지난날의 회상이거나 나의 미래 일이 된다. 그래서 우리는 "괜찮아, 다 잘될 거야"라고 말해 준다. 후회로 남더라도 시간은 잘 흘러 왔으며 앞으로 다가올 일들도 다 잘될 것이다. 잘되어야만 한다.

#80
김밥 속 당근처럼

김밥에 넣는 당근은 작게 채를 썰어 넣는다.

최대한 당근 맛이 나지 않도록 한다.

넣지 않으면 그만이겠지만 당근 없는 김밥은 색이 영 별로다.

김밥 속 당근처럼 살고 싶다.

없어도, 내가 하지 않아도 그만이지만

내가 없는 세상은 영 별로인 세상,

내가 없으면 모두가 재미없고 뭔가 허전한 세상이었으면 한다.

사랑하고 이별하고 미워하고 꿈을 꾸고 다짐하고…….

행복해지기 위해 참 열심히 살았다. 그렇게 한 해가 또 갔다.

당근 없는 김밥은 색이 영 별로다.

#81

당신이라는 꽃, 지금 피어 있습니까?

어느 날 문득 꽃이 아름답다는 사실을 깨닫게 되었습니다.

꽃 같은 거 이 세상에 없어도 그만이라는 생각을 하면서 살아온 제 자신이 굉장히 부끄러워졌습니다.

여러 가지 색을 갖고 있는 꽃에게서 어떤 열정 같은 것을 느꼈는지도 모르겠습니다.

한 번 피고 지는 꽃이지만, 피어 있는 순간은 자신의 모든 열정을 다해 마지막 순간까지 아름다움을 잃지 않으려 합니다.

그리고 스스로도 그 순간을 잊지 않으리라 생각합니다.

어느 날 문득 꿈이 있는 제 자신이 너무 아름답다는 사실을 깨닫게 되었습니다.

'꿈 같은 거 있어 봤자 어디에 쓰겠어? 이루어지지도 않을 텐데.'

이렇게 생각해 본 적은 단 한 번도 없었습니다.

지금 이 순간만은 온 힘을 다해 꽃을 피우라고 화병의 물을 갈아주거나 시원한 바람을 쐬어 주거나 자꾸만 아름답다 말해 줍니다.

꽃에게 그리고 나에게.

지금 우리는 아직 피지 않은 꽃입니다.

꽃봉오리의 끝에는 힘이 가득 들어 있습니다.

그것은 열정이겠지요.

때가 되면 꽃은 핍니다.

혹시 '나'라는 꽃은 결국 피지 않을지 모르지만 그것은 그대로도 괜찮습니다.

아무리 힘들어도 내일은 오늘보다 나아질 거라는 꿈을 꿉니다.

당신은 어때요? "꿈 같은 거 없어"라고 말해 버릴 겁니까?

단지 오늘 하루 어떻게 해서든 보내고 나면 그만입니까?

당신은 지금 피어 있습니까?

긴 산책

낯선 곳에서 생활하는 것은

자아 찾기 같은 어려운 일이 아니다.

그냥 긴 산책 같은 것.

나도 모르게 산책이 길어졌다.

EPILOGUE

저도 모르게 길어진 산책에서 돌아와 지난 6개월 동안 추억과 기억의 중간에 집을 한 채 지어 놓고 살았습니다. 뜨겁던 여름을 지내고 낙엽이 지는 가로수길을 걷다 어느덧 스웨터를 입고 코트를 걸치는 계절이 왔음을 깨달았을 때도 저는 그 집에 살고 있었습니다. 8년 동안 기록한 이야기 중 함께 공유하고 싶은 글들을 다시 읽어 보고 고쳐 썼던 작업의 날들이 저에게는 또 다른 추억이 될 테지요.

이 글 속의 저처럼 당신도 떠나라, 지금 당장 직장을 그만두고 하고 싶은 일을 하라는 건 아니에요. 저에겐 그런 말을 할 자격이 없는 걸요. 남들과는 다른 삶을 살겠다고 당차게 살아오면서 나오는 글들을 담았습니다. 벌떼에게 공격당한 뒤 달콤한 꿀을 만나듯이.

다음에는 당신의 이야기를 저에게 들려주세요. 제멋대로 당신에게 편지를 썼으니 당신의 이야기로 가득 찬 답장을 받아 보고 싶어요.

너무 고민하지 마세요. 잠시 산책한다고 생각하면 좋을 거예요. 그 산책이 길어져도 괜찮으니 지금 그 길에서 벗어나 보세요. 가끔은요.

Seoul, May

이 길에서 벗어나도 괜찮아

초 판 1쇄 발행 2013년 3월 11일

지은이 신소현
펴낸이 이지은 **펴낸곳** 팜파스
책임편집 김민정 **디자인** 최설란 **마케팅** 정우룡
인 쇄 (주)미광원색사

출판등록 2002년 12월 30일 제10-2536호
주소 서울 마포구 서교동 404-26 팜파스빌딩 2층
대표전화 02-335-3681 **팩스** 02-335-3743
홈페이지 www.pampasbook.com | blog.naver.com/pampasbook
이메일 pampas@pampasbook.com

값 13,000원
ISBN 978-89-98537-05-0 (13810)